Kirschkernspucken
mit dem Tod

Roman

Maria M. Eckert

edition
text
handwerk

Kirschkernspucken mit dem Tod

Roman

Maria M. Eckert

2020 © Maria M. Eckert

Lektorat: Maria Al-Mana, edition-texthandwerk.de

Covergestaltung:
Uschi Ronnenberg, ronnenberg-design.de

ISBN

Hardcover 978-3-7497-9980-0

Paperback 978-3-347-01172-4

e-Book 978-3-7497-9981-7

Dienstleister: edition texthandwerk,
www.edition-texthandwerk.de

Verlag & Druck:
tredition GmbH, Halenreie 40-44, 22359 Hamburg

Inhalt

Auch zu früh ist oft zu spät.............................7

Die heimsuchenden Seelen.....................17

Schon gegangen 29

Währenddessen 39

Was machst du da eigentlich?................60

Erster Versuch 81

Überlegungen..95

Test, Test, Test.....................................107

Engel 131

Neuer Versuch......................................143

Auch keine Lösung...............................170

Der Mensch ist ein Engel 180

Nachwort..187

Auch zu früh ist oft zu spät

Zum ersten Mal in seinem Leben hatte er verschlafen. Das war ihm noch nie passiert. Sicher lag es an der langen Nachtschicht, die er soeben hinter sich gebracht hatte. Jetzt galt es, sich zu beeilen. Sonst würde er sein heutiges Pensum nicht schaffen. Er griff hastig nach der Liste mit den Namen, Adressen und Vorlieben der Menschen, die er zu besuchen hatte und verbringen musste. Er nannte das so, weil er ja vorher nie genau wusste, wohin er die Seelen zu begleiten hatte. Ohne sein sonst übliches Morgen-Ritual des Gähnens und Streckens eilte er davon.

Auf seiner Liste standen siebenunddreißig Namen. Seltsam, das hatte er anders in Erinnerung! Aber er führte auch das auf seine zunehmende Überlastung zurück.

Sein erster Besuch galt laut Liste Chlothilde. Sie war zweiundneunzig Jahre alt und lag seit mehreren Wochen auf einer Palliativ-Station, davor war sie einige Jahre in einem Pflegeheim gewesen. Er würde sich ihr vorstellen und ihr mitteilen, dass er ihre Seele in drei Tagen abholen käme. Das war Vorschrift. Dann würde er sie fragen, wohin ihre Seele zu gehen wünsche.

Als Tod hatte er die Gabe, in jeder Gestalt zu erscheinen – möglichst freundlich, damit der Abzuholende nicht erschrak. Für Chlothilde wählte er nach sorgsamer Überlegung die Gestalt ihres verstorbenen Gatten.

Er rechnete damit, dass es ein kurzer und liebevoller Besuch werden würde.

Behutsam näherte er sich der reglos im Bett liegenden Gestalt. Ihr Schutzengel begrüßte ihn mit einem sanften Lächeln und nickte ihm zu. Der Tod grüßte ähnlich sacht zurück. Dann hauchte er Chlothilde leicht über die Wangen. Trotz seiner langen Existenz war ihm immer noch nicht klar, dass dieser Hauch für Menschen einfach nur saukalt, also äußerst unangenehm war. Chlothilde öffnete leicht ein Auge und erblickte ihren verstorbenen Mann. Mit der letzten Kraft, die noch in ihrem Körper steckte, fragte sie mürrisch: „Was willst du denn hier?"

„Ich bin gekommen, um dich darauf vorzubereiten, dass ich dich in drei Tagen abholen werde. Dann bist du die Last des Lebens los."

„Verschwinde", zischte sie und schloss ihr Auge wieder. Der Tod war sich nicht mehr sicher, ob er die passende Gestalt zur Verkündung des Ablebens angenommen hatte und entschied sich, die Verkündung nochmals zu überbringen, diesmal in Gestalt einer heilig schimmernden Engelsfrau.

„Chlothilde, du wirst in drei Tagen das Zeitliche segnen dürfen. Bist du bereit?"

Chlothilde hob wieder leicht ein Augenlid, starrte auf die Heiligenfigur und fauchte: „Bist du die elendige Hure, mit der mein Herbert rumgemacht hat? Soll dich der Teufel holen!"

Und wieder schloss sich das Auge. Ihr Schutzengel lächelte entschuldigend. Der Tod entschied, dass er seiner Pflicht nachgekommen war. Die Zeit drängte, er musste weiter.

Als Nächstes besuchte er Hans P. Der lag im Bett, in seinem eigenen Haus. Fürsorglich war er von seiner Tochter gepflegt worden. Aber nun konnte er nicht mehr. Sein Gesicht war eingefallen, die Haut aschgrau. Und wie er so dalag, hätte man meinen können, seine Seele wäre bereits abgeholt worden. Hans P. bemerkte sofort das Erscheinen des Todes, der jetzt die Gestalt des Sensenmannes in schwarzer Kutte gewählt hatte. Hans P. seufzte: „Da bist du ja endlich!"

„Ja", erwiderte der Tod.

„Können wir jetzt gehen?", fragte Hans P. und seine Seele stieg mühelos aus dem Körper.

„Wohin willst du gehen?"

„Einfach nur weg. In die Berge, auf eine grüne Wiese, in den Himmel. Egal. Nur weg."

Der Tod hatte sich schon lange abgewöhnt, zu erklären, dass es keinen Himmel gab, sondern nur das Jenseits. Also beließ er es dabei und führte Hans P. im Jenseits auf eine blühende Almwiese in den Bergen. Dort wurde er von einem seiner Geistführer in Empfang genommen.

Weiter. Wer kam als Nächstes? Adalbert. Hm. Adalbert war Jäger gewesen. Ein Jäger auf Frauen und Rotwild. Sein Körper hatte ihn mehr und mehr im Stich gelassen, seine Jagdleidenschaft jedoch nicht. Gerade, als der Tod dessen Zimmer im Altenheim betreten wollte, stürzte eine zierliche Pflegefachkraft wütend mit hochrotem Kopf heraus und schimpfte leise: „Dieser alte Bock! Das muss ich mir nicht länger gefallen lassen. Das halte ich nicht mehr aus. Ich kündige!"

Der Tod fand Adalbert mit ebenfalls hochrotem Kopf und glänzenden Augen vor. Diesmal erschien der Tod in Gestalt einer Walküre mit ausladend wogendem Busen und Wallehaar. Auf dem Kopf trug er ein Hirschgeweih. Der Tod mochte diese Gestalt überhaupt nicht, aber was sollte er machen? Job ist Job.

„Adi", hauchte die Gestalt, „es ist Zeit. Du darfst jetzt in den ewigen Jagdgründen wie ein junger Mann deine Freude haben. Komm."

Der als Adi angesprochene alte Mann starrte auf die Walkürengestalt, runzelte leicht die Stirn und fragte: „Geht es auch eine Nummer kleiner?" Adi fürchtete sich nämlich vor großen, starken Frauen und bevorzugte die eher kleinen, schwachen.

„Natürlich", flötete der Tod. „So, wie du es gern hast."

„Versprochen?"

„Versprochen."

Adalberts Seele stieg etwas verunsichert aus dem Körper und begleitete den Tod. Der führte ihn in eine Sphäre, die speziell für Männer wie Adalbert geschaffen worden war. Dort gab es Sex, Sex, Sex. Diese Sphäre erfreute sich derartiger Beliebtheit, dass sich der Tod schon seit Längerem fragte, wann ein Schild aufgehängt werden musste: „Wegen Überfüllung vorübergehend geschlossen." Die Jenseits-Arbeiter hatten tatsächlich schon damit begonnen, vor der Sphärenblase Bänke aufzustellen, damit Neuankömmlinge bis zu ihrem Eintritt wenigstens Zuschauer sein konnten. Irgendwie wurde es immer verrückter. Natürlich herrschte dort ein gravierender Männerüberschuss, was innerhalb der Blase zu heftigen Auseinandersetzungen und Kämpfen um die Weibchen führte. Aber das war nicht sein Problem. Er war nur der Reisebegleiter.

Auf der Liste stand nun Erwines Name. Erwine lebte allein in einer kleinen Einzimmer-Wohnung. Ihr musste er sich nur vorstellen und sein Erscheinen in drei Tagen ankündigen. Er betrat die Wohnung und befand, dass es wirklich an der Zeit war, sie abzuholen. Die Wohnung stank, alles versank in einem einzigen Chaos, verdreckt, vermüllt und Erwine mittendrin. Unschlüssig, wie er ihr erscheinen sollte, nahm er jetzt die Gestalt eines Geistes an. Erwine saß auf einem Stuhl am Fenster, mit Fernglas in der Hand und blickte auf die Straße. Sie schimpfte unablässig auf alles, was sich bewegte, aber auch auf das unbeweglich Vorhandene. Ihrem

Schutzengel hinter ihr war es nicht gelungen, sich in seinem reinen Weiß zu halten. Seine Federn hingen grau und matt wie ein nasser Sack an ihm herunter, er wirkte alles andere als glücklich. Offensichtlich war er mit Erwine überfordert.

Der Tod hauchte Erwine an. Sie schauderte. Dann kreischte sie los: „Ich werde die Hausverwaltung verklagen! Die Fenster sind nicht dicht. Es zieht hier rein wie Hechtsuppe. Denen werd ich was erzählen! Ich werde die Miete kürzen. Die glauben wohl, die können mit mir machen, was sie wollen. Nicht mit mir!"

Der Tod hauchte sie wieder an und flüsterte ihren Namen. Nun erschrak Erwine dann doch.

„Erwine, deine Zeit auf Erden ist abgelaufen. Genieße die letzten drei Tage. Ich werde dich dann holen und in eine bessere Welt bringen."

„Hau ab, verschwinde. Ich bin doch nicht verrückt. Ich glaube nicht an Geister. Hau ab!"

Der Tod zog sich diskret zurück. Mehr gab es im Augenblick für ihn hier nicht zu tun.

Streng genommen, hatte der Tod überhaupt keine Entscheidungsfreiheit. Der Sterbetag aller Menschen war vor deren Eintritt in die Erdenwelt bereits festgelegt. Basta. Daran gab es nichts zu rütteln, das war nicht verhandelbar. Im Prinzip jedenfalls. Es bedurfte schon sehr spezieller Konstellationen, um einen Aufschub zu erlangen. Jedoch wurde niemand im Datum vorgezogen. Niemals! Und ihm, dem Tod, war noch nie ein Fehler unterlaufen. Er arbeitete immer absolut korrekt und zuverlässig.

Er stutzte, als er den nächsten Namen las. Wilhelm. War der nicht erst morgen dran? Warum stand er jetzt schon auf der Liste? Aber da stand der Name: Wilhelm. Noch nie war ihm ein Fehler unterlaufen. Die Liste hatte er vor zwei Tagen vorbereitet, hatte akribisch alle Namen aus dem großen Buch des Lebens herausgeschrieben. Nun ja, da war er noch nicht ganz so überarbeitet gewesen wie heute. Er beruhigte sich, schließlich konnte er sich auf seine Sorgfalt verlassen. Wenn der Name da stand, musste das seine Richtigkeit haben.

Wilhelm, siebenundneunzig Jahre alt, mit sehr gelichtetem Haar, über und über voller Altersflecken, stand rüstig vor seinem Traktor. Seine trüben Augen blitzten wütend, und er zischte: „Verreck doch, du verdammtes Luder!" Dann trat er mit Wucht gegen den Reifen des Traktors. Neben ihm stand lässig der Teufel im schwarzen Nadelstreifenanzug.

„Was regst du dich so auf? Kann dir doch egal sein, ob das Ding noch läuft oder nicht. Du gehst sowieso bald mit mir."

„Ist mir aber nicht egal. Ich muss die Gülle ausfahren."

„Du bist und bleibst gehässig. Ich glaube, du wirst dich sehr wohl bei mir fühlen", meinte der Teufel sarkastisch.

„Mit dir geh ich sowieso nicht. Und diesem Schweinepriester von Nachbar muss ich noch die Gülle vor der Haustür abladen. Die hat er sich verdient. Der Dreckskerl hat mir nen toten Vogel in den Auspuff vom Traktor gestopft. Das wird er büßen!"

„Wie kommst du darauf, dass du nicht mit mir gehst?", fragte der Teufel süffisant und lehnte sich leicht an den Traktor. „Du hast mir doch deine Seele verkauft. Erinnerst du dich nicht? Oder wie sonst bist du zu deinem Hof gekommen?"

„Ach", meinte Wilhelm mit wegwerfender Handbewegung, „das war doch nur so dahingesagt. Es gibt dich doch überhaupt nicht. Wie kann ich dir da meine Seele verkaufen? Jetzt hilf doch mal, dieses verdammte Ding flott zu kriegen. Ich muss die Gülle abkippen."

„Nein, das werde ich nicht. Ich bin nicht dein Affe, falls du das noch nicht bemerkt haben solltest. Und außerdem, soll ich deinem Gedächtnis auf die Sprünge helfen?", setzte der Teufel in scharfem Ton nach. „Erinnerst du dich an die Grundstückspapiere? Das Testament? Oder an die vergrabenen Münzen in Nachbars Garten? Oder an deinen Meineid? Ich hätte da noch ein paar nette Sächelchen aufzuzählen. Glaubst du vielleicht, dass ich dir für nichts geholfen habe? Und dabei hatte ich noch große Mühe, deine Frau und deinen

Sohn da raus zu halten. Es ist mir immer ein Rätsel geblieben, wie deine Frau es so lang mit dir ausgehalten hat!"

Der Tod hatte zugehört, sah auf seine Namensliste, und dachte sich: ‚Ach, lass die beiden das ausdiskutieren, ich komme später noch mal.' Diesen Wilhelm hätte er sowieso nur benachrichtigen müssen. Und das konnte warten. Der Teufel auch, denn Wilhelms Seele würde er nur dann bekommen, wenn sich Wilhelm im Jenseits dafür entschied. Außerdem war der Tod in Eile.

Schnell sah er nach, wie spät es war. Au weia, fast zu spät. Er musste in zwei Minuten an der Kreuzung Hauptstraße, Ecke Kirchgasse sein. Dort käme es Punkt 11:37 Uhr zu einem Unfall mit tödlichem Ausgang.

Exakt zu dieser Zeit stand der Tod an der Kreuzung. Es kam kein Auto. Keines. Nicht eins. Überhaupt war niemand zu sehen. Er wartete, vergewisserte sich nochmals wegen der Uhrzeit. Seltsam! Er trat auf die Straße, um Ausschau zu halten. Na bitte, da kam ja ein Auto. Was war denn jetzt? Es fuhr einfach durch ihn durch. Wieso fand hier kein Unfall statt? Er würde noch ein paar Minuten warten. Lediglich zwei Fahrradfahrer und ein Leichenwagen kamen vorbei.

Der Tod war fassungslos. Wieder sah er auf seine Liste. Da stand es doch schwarz auf weiß: 11:37 Uhr

Hauptstraße, Ecke Kirchgasse. Auch war er in der richtigen Stadt. Dann packte ihn blankes Entsetzen. Das Datum! Das Datum auf dieser Namensliste war von morgen!!!

Eieieieieieieieiei, heiliger Brimboriums! Wie hatte das passieren können? So schnell er konnte, eilte er in seine Amtsstube, riss das auf dem Tisch liegende Blatt an sich, starrte darauf. Und da stand es: das heutige Datum mit 42 Namen: vier Heimführungen und 38 Benachrichtigungen. Er würde natürlich die festgelegte Reihenfolge nicht mehr einhalten können, aber die Heimführungen, die mussten sofort erledigt werden.

Die heimsuchenden Seelen

An der Haltestelle vor dem Depot der Fernfahrbusse standen drei Männer. Eigentlich waren sie schon keine Männer mehr, sondern nur noch Geistkörper mit den Seelenanteilen von drei verstorbenen Männern.

Der Erste war von eher kleiner Statur, dünn, aber drahtig. Er hibbelte hin und her: „Der müsste doch längst hier sein!"

Die beiden anderen Männer schwiegen.

„Der hat doch gesagt, er käme pünktlich. Früher hätte es das nicht gegeben. Da hatte Pünktlichkeit immer Vorrang. Aber heute, da glaubt jeder, er kann kommen, wann er will."

Die anderen sagten weiterhin nichts.

Der Hibbelige, zu Lebzeiten hatte er Fritz geheißen, heute mit 72 Jahren verstorben, wandte sich an den neben ihm stehenden Mann. Der war von gewaltiger Körperfülle und hätte mindestens fünf Fritze abgegeben: „Was meinst du, kommt der noch?"

Der Dicke nuschelte: „Das weiß ich nicht, weil ich nicht darüber nachgedacht habe. Hätte ich darüber nachgedacht, dann wüsste ich es. Aber weil ich nicht nachgedacht habe, weiß ich es eben nicht."

Fritz drehte sich zu dem Dritten um: „Für welche Uhrzeit wurden Sie denn bestellt?"

„Nun", erwiderte dieser, zog eine Taschenuhr aus seiner Hosentasche, klappte pedantisch den Deckel auf und meinte: „In der Tat, es ist weit über die Zeit. Um es exakt zu benennen, er ist über dreizehn Stunden, siebzehn Minuten und vierundfünfzig Sekunden in Verzug. Das ist unverzeihlich."

Würdevoll klappte er den Deckel seiner Taschenuhr wieder zu und ließ sie in seine Hosentasche zurückgleiten.

Fritz musterte ihn. Er sah einen hundertzweijährigen Mann in einem Nadelstreifenanzug mit weißem Hemd, Weste und recht altmodischer Krawatte. Der Mann schien allerdings geschrumpft zu sein, denn der Anzug hing schlabbernd um ihn herum und war definitiv zwei Nummern zu groß. Aber die Haltung des Mannes war aufrecht und stolz. Ja, wenn Fritz das Wort gekannt hätte, hätte er gesagt, dass dieser Alte distinguiert wirkte.

Fritz wieder: „Wir warten schon viel zu lange. Können wir nicht gleich losfahren?"

„Wissen Sie etwa, welchen Bus wir ins Jenseits nehmen müssen?" fragte der Alte süffisant.

Fritz war diese Art von Ton unbekannt, deshalb ging er darauf nicht ein, meinte nur: „Dann müssen wir uns eben erkundigen. Oder weißt du, welchen Bus wir nehmen müssen?"

Der Dicke zuckte aus seinem Dämmerschlaf hoch: „Das weiß ich nicht, weil ich nicht darüber ..."

„... nachgedacht habe", unterbrach ihn Fritz.

„Wie heißt du eigentlich?"

„Nils. Glaubst du, dass wir hier etwas zu essen kriegen?"

Der Alte mischte sich ein. „Mein Herr, ich bitte Sie! Wir können nicht mehr essen."

„Wiiiiiie?", rief Nils entsetzt. „Kein Essen?"

„Sollte es Ihrer Aufmerksamkeit entgangen sein, dass wir keine Körper mehr haben?"

„Waaas? Keinen Körper? Aber ich habe doch einen Körper. Hier." Nils wollte sich mit seiner Hand auf den Bauch schlagen, doch die Hand ging einfach hindurch.

„Wir sind tot, Herr, ... ähm, ... , ... Herr Nils."

„Nein, nein", protestierte Nils sofort. „Ich lebe doch. Sie sehen doch, dass ich lebe!"

„Wenn Sie es so sehen", belehrte ihn der Alte, „dann ist das in gewisser Weise korrekt. Aber Sie haben keinen Körper mehr. Im Übrigen, wenn ich mich vorstellen darf: Gottlieb von der Buchenaue, Geheimrat a. D."

Der Dicke glotze ihn an und wusste nicht, was er mit dieser offenbar wichtigen Information anfangen sollte. Deshalb brummelte er nur leise vor sich hin: „Kein Essen. Das überleb' ich nicht."

Die Unruhe von Fritz wuchs. Immer hibbeliger wanderte er umher. Dann stieß er hervor: „Wir müssen was machen! Ich hab keine Lust, hier in aller Ewigkeit rum-zustehen. Ich geh jetzt." Sagte es und blieb dann ruhig stehen.

„Es ist ganz nach Ihrem Belieben, wohin Sie zu gehen wünschen. Es wird Sie niemand aufhalten", tonierte Gottlieb.

Geradezu verächtlich blickte Fritz auf diese würde-volle Gestalt. „Und? Haben Sie eine bessere Idee? Überhaupt, hat man Sie sooo in den Sarg gelegt?"

Der Würdevolle blickte an sich herab. „Das Tuch ist noch gut. Es ist von hervorragender, englischer Qualität und wird noch weitere Jahre überdauern."

„Hihi", lachte Fritz, „geht doch gar nicht. Das Tuch liegt doch mit Ihnen im Sarg."

„Das ist allerdings trefflich bemerkt", sagte Gottfried.

Fritz brauchte ein Ventil für seine Unruhe, das er end-lich gefunden zu haben glaubte: „Aber so, wie es aus-sieht, hätten Sie wohl ein paar Jahre früher sterben sol-len. Da waren Sie wohl noch kräftiger als jetzt. Ihr gutes Tuch hängt ja an Ihnen rum wie ein Sack!"

Gottfrieds linke Augenbraue zuckte kurz nach oben. „Der Herr Fff ... Herr Friedrich, bitte mäßigen Sie sich in Ihrem Ton. Sie scheinen im Gegensatz zu mir Ihrer Fa-milie gar nichts wert gewesen zu sein. Sie laufen hier in einem Totenhemd herum."

„Das passt jedenfalls", maulte Fritz.

Gottfried konterte: „Von vorn betrachtet durchaus. Es müsste lediglich auch hinten zugeknöpft werden. Ihr ..., äh, ... hinteres Erscheinungsbild ist durchaus despektierlich."

„Was ist das?", ereiferte sich Fritz.

Nun meldete sich Nils zu Wort: „Dein Hemd ist hinten nicht zu. Man sieht deinen Arsch."

Diese Aussage trug nichts zur Beruhigung des Gemütszustands von Fritz bei, deshalb fuhr er jetzt Nils an: „Und du? Haben sie dich so in den Sarg gelegt? Noch nicht mal ein sauberes Hemd! Oder gibt es keine Zelte als Totenhemden? Wieso bist du eigentlich hier? Warst du zu blöd, eine Leiter hochzusteigen? Dir mussten sie wohl gleich ein Doppelgrab schaufeln."

„Meine Herren, meine Herren, bitte mäßigen Sie sich. Wenn ich um etwas mehr Haltung bitten dürfte!"

Nils senkte beschämt den Kopf. Dann nuschelte er: „Da vorn kommt jemand."

Sofort blickten alle Augen nach vorn. Tatsächlich, da kam jemand. Eindeutig eine Frau. Schwungvoll stieß sie ihren Rollator mit dem Fuß nach vorn wie Kinder eine leere Dose vor sich her kicken, und hatte sichtlich Vergnügen daran. Schließlich erreichte sie die Gruppe. Sie blickte von ihrem Rollator zu den Männern und musterte sie. Dann stellte sie fest: „Sie warten wohl auch."

„Sieht man das?", fragte Fritz.

Die Frau ließ sich nicht irritieren: „Und? Was beabsichtigen Sie jetzt zu tun?"

Wieder Fritz: „Wir warten noch."

„Worauf?"

„Na, dass der Tod uns jetzt eben abholt. Gesagt hat er es jedenfalls."

„Und?"

„Was und?"

„Holt er Sie, oder wollen Sie hier ewig warten?"

Da mischte Nils sich ein: „Das wissen wir nicht, weil wir nicht darüber nachged ..." Er wurde unterbrochen, denn Gottfried meldete sich zu Wort: „Gnädige Frau, unsere Überlegungen sind dahingehend, dass wir die faktische Entscheidung noch nicht getroffen haben. Die vielfältigen Möglichkeiten lassen kein rasches Ergebnis erwarten."

Die Frau blickte aufmerksam Gottliebs Gestalt an. Sie runzelte die Stirn: „Haben wir da einen Spätheimkehrer? Wenn ich das richtig verstehe, haben Sie keinen Plan."

Drei Augenpaare sahen sie irritiert an.

„Also, ich bin die Edeltraut. Sie können mir glauben, dass ich heilfroh bin, dass dieser Tod noch nicht gekommen ist. Jetzt kann ich endlich hier machen, was ich will. Ich habe doch keine Ahnung, wie es im Paradies zugeht. Und ich hab keine Lust, den ganzen Tag in einem Engelschor mitzusingen und mich von Mana zu ernähren. Darf man da eigentlich rauchen?"

Das war das Stichwort für Nils: Nahrung! Mit dem Kopf deutete er zu Gottlieb: „Der da sagt, wir können nicht mehr essen. Wir kriegen nie mehr was zu essen. Nie mehr!"

Die Frau betrachtete Nils' Gestalt: „Schaden würde Ihnen das bestimmt nicht." Blitzartig drehte sie sich zu Fritz um: „Und Sie bleiben jetzt endlich mal ruhig stehen! Sie machen einen ja ganz nervös. Und wenn die Herren jetzt die Freundlichkeit hätten, sich mir vorzustellen. Ich weiß immer gern, mit wem ich es zu tun habe."

Gottlieb meldete sich zuerst. „Mein Name ist Gottlieb von der Buchenaue, Geheimrat, a. D. 102 Jahre alt."

„Und?"

„Wie bitte?"

„Wie sind Sie gestorben und warum? Und jetzt erzählen Sie mir nichts von Krankheiten. Was war los bei Ihnen?"

„Äh ..."

„Na los jetzt! So, wie es aussieht, werden wir wohl zusammenbleiben. Da ist es besser, jeder weiß, wer der andere ist."

Gottlieb: „Sie haben mich behandelt, als wäre ich ein alter, seniler Greis. Sobald ich einen Wunsch geäußert habe, gab es stande pede einen Riesenaufstand. Papa, das geht doch nicht, Papa, das tut man nicht."

Edeltraut: „Was tut man nicht?"

„Nun", bekannte Gottlieb, „gelegentlich hatte ich Gelüste nach einer Zigarre und einem kleinen Cognac."

Edeltraut sah ihn scharf an: „Was noch?"

„Madam, es schickt sich nicht, vor Damen derartige Bekenntnisse abzulegen."

Edeltraut: „Ich will das jetzt wissen, sonst gehen wir ohne Sie."

„Ich ...", gestand Gottlieb stockend, „ich habe gern der Pflegekraft in den Ausschnitt gesehen und ihr mit Vergnügen auf die wunderbare hintere Rundung geklatscht."

Edeltraut schien sich nicht mit dieser Antwort zufrieden zu geben. „Ich sehe Ihnen an, dass das nicht der eigentliche Grund ist."

„Madam, ich bitte um etwas mehr Diskretion hier in der Öffentlichkeit!"

Edeltraut blickte sich um. „Ich sehe hier keine Öffentlichkeit. Falls es dem Herrn entgangen sein sollte, wir sind hier allein, wir sind vier Tote und keiner kann uns hören."

„Ja, ähm, meine Tochter ..., meine Tochter ... wurde meiner verstorbenen Frau immer ähnlicher."

„Und? Konnten Sie das nicht ertragen, dass Sie Ihre Frau vorher gehen lassen mussten?"

„Nein, nein, im Gegenteil. Ich habe sie gern gehen lassen. Nur", kurze Pause, „meine Tochter wurde meiner Frau eben immer ähnlicher. Und das konnte ich nicht ertragen. Sie ist genauso ein zänkisches Weib wie meine Verblichene."

„Ich verstehe", murmelte Edeltraut. Dann drehte sich zu Nils um: „Und was ist mit dir?"

„Mit mir?"

„Ja, mit dir."

„Was soll mit mir sein?"

„Warum, mein lieber Junge, bist – du – tot?"

„Ach so. Darüber habe ich nicht nachgedacht. Wenn ich darüber nachgedacht hätte ..."

Fritz schaltete sich ein: „Der Kerl hier hat noch nie über irgendwas nachgedacht."

Edeltraut warf ihm einen so giftigen Blick zu, dass Fritz augenblicklich schwieg. Wieder an Nils gewandt: „Jetzt erzähl schon. Was ist das Letzte, woran du dich erinnerst?"

„Ich steh da und knete den Teig. Dann wurde mir schwindelig und ich fiel um."

Edeltraut beäugte ihn. „Du warst Bäcker?"

Nils nickte.

„Wie alt bist du?"

„Dreiundvierzig."

Sie murmelte: „Das war das Herz. Hast wohl sonst nicht viel für dein Herz bekommen außer Essen."

Verwirrt sah Nils sie an.

„Nun zu Ihnen, Herr ..., Herr ..."

„Ich bin Fritz. Ich bin Elektriker."

„Alter?"

„Zweiundsiebzig."

„Auch kein hohes Lebensalter. Und warum bist du gestorben?"

Fritz schwieg.

„Erzähl."

Fritz schwieg.

„Ich weiß", sagte Edeltraut, „dass es in der Ewigkeit keine Zeit gibt. Aber das wird ganz schnell langweilig. Also los jetzt, erzähl schon!"

Fritz drehte sich und murmelte: „Ich war mit der Leiter fensterln. Ich wollte aber nicht rein, nur zugucken. Und als es da so deftig zugegangen ist, wollte ich von draußen mitmachen, und da kam die Leiter ins Kippen, und da bin ich runtergefallen."

„Männer", schnaubte Edeltraut nur.

„So, dann von mir: Ich bin die Edeltraut, bin mit sechsundachtzig gegangen. Freiwillig. Ich hätte noch nicht gehen müssen, aber ich hatte die Nase voll. Stellen Sie sich vor, mein Sohn hat mir die Autoschlüssel weggenommen. Eine Unerhörtheit! Er meinte, dass es zu teuer würde, ständig fünfzehn Euro für Knöllchen zu zahlen. Und außerdem hätte ich keinen Führerschein mehr. Ha! Seit meinem zwanzigsten Lebensjahr habe ich einen Führerschein. Und wer zahlte denn immer die fünfzehn Euro? Das war immer noch ich. Woher hat er sein ganzes Geld, hä? Von mir. Und dann stellt er sich an, als wäre die Welt zusammengebrochen, nur, weil ich eine größere Delle in sein Auto gefahren habe. Er behauptet doch glatt, ich hätte sein teures Auto, einen Ferratustra, komplett geschrottet."

„Sie meinen wohl einen Ferrari", wandte Nils ein, doch er wurde nicht beachtet.

„Und das Gartenhaus", fuhr die alte Dame fort, „wollte ich sowieso immer abreißen lassen. Notfalls kann man es doch wieder herrichten. Ich lasse mich nicht mehr bevormunden. Basta!"

„Was für fünfzehn Euro?", wollte Nils wissen?

„Ich sage Ihnen, Nils, mein Sohn hat extra vor den Ampeln in unserer Gegend Kameras aufstellen lassen, wenn ich mit dem Auto unterwegs war, nur um mich zu blitzen, also als Beweis, dass ich doch wieder zu schnell gefahren bin. Lächerlich! Wie sonst soll man vorwärtskommen, wenn man nicht aufs Gaspedal tritt?"

Alle nicken verständnisvoll.

„Also, nun? Was machen wir jetzt?"

Fritz fuhr Nils an: „Sag nix!"

„Nun", begann Gottlieb, „es wurde uns doch zeitlebens nach unserem Dahinscheiden das Paradies versprochen. Im Jenseits. Das müsste doch zu finden sein."

„Ne", sagte Edeltraut, „es gibt auf Erden so einiges, was ich noch nie gemacht habe und immer schon machen wollte. Von mir aus kann das Paradies warten. Hab sowieso keine Ahnung, wie es dort aussieht. Ich bleibe hier. Ich will noch was erleben. Wie sieht es mit Ihnen aus?"

Gottlieb: „Ich gebe zu bedenken, dass gemäß den kosmischen Gesetzen ..."

„Die interessieren mich jetzt überhaupt nicht. Dann sollen die doch besser aufpassen und nicht Zusagen machen, die sie nicht einhalten können." Edeltraut schüttelte den Kopf. „Da sagt der Tod, er käme uns holen, pünktlich, und dann kommt er nicht. Der kann mich jetzt mal. Mich kann der Tod lang suchen, ich bleibe erst mal hier. So. Und jetzt will ich Wasserski laufen. Ich nehme den Bus an die Cote d'Azur. Und ich werde im nobelsten Hotel wohnen."

Die drei Männer sahen sich an, dann nickten sie einvernehmlich und liefen Edeltraut nach. Direkt zum Fernbus.

Schon gegangen

Der Tod eilte so schnell wie möglich in die Backstube, um einen Nils abzuholen. Er fand jedoch nur einen massigen, am Boden liegenden, toten Körper. Von nebenan hörte er eine aufgeregte Stimme: „Das muss doch möglich sein, da muss man doch was machen können!"

„Wie ich schon sagte, das geht nur mit einem XXXL-Sarg", antwortete leise eine andere Stimme.

„Nein, nein, kommt nicht infrage. Jetzt, wo mein lieber Sohn, Gott hab ihn selig, einfach abgehauen ist, mich arme Mutter" – ein heftiges Schnäuzen unterbrach den Redefluss – „so allein lässt. Wie soll ich das alleine schaffen? Und bezahlen?" Wieder heftiges Schnäuzen. „Und dann soll ich auch noch Extrakosten hinlegen, bloß, weil der Schwachkopf nicht aufhören konnte zu essen?"

„Frau Weckle, ich bedaure das zutiefst. Aber wie stellen Sie es sich vor, diesen ... diesen Körper in einem normalen Sarg aufzubahren?"

„Hören Sie mal, ich weiß, wie man packen muss, und mit Fett kenne ich mich aus", sagte sie forsch. „Wenn man die Arme oben zum Kopf legt, da ist ja noch Platz, ich schiebe ihn zurecht. Dann den Deckel ordentlich runter drücken, da kann doch ..."

„Frau Weckle, ich bitte Sie!"

Frau Weckle antwortete mit einem kurzen Heulanfall, der so abrupt endete, wie er begonnen hatte.

„Wissen Sie was, Sie bringen mir einen Sarg vorbei, in normaler Größe, den billigsten, den Sie haben. Und ich packe ihn dann rein. Sie werden sehen, dass ich das hinkriege. Fett ist geschmeidig."

Zweifelnd sah der Bestatter Frau Weckle an. „Das ist aber ... gegen die Vorschriften."

„Die interessieren mich nicht." Es folgte ein erneuter Heulanfall. Dann giftete sie: „Ich bin eine arme Frau und habe kein Geld!" Heulanfall. „Jetzt, wo mein geliebter Sohn ..." Heulanfall.

„Nun ja", meinte der Bestatter, „es gäbe auch noch die Möglichkeit einer Einäscherung nach der Obduktion."

„Obduktion? Ist das nicht das, wenn die die Leute aufschneiden?"

„Ja, das ist Vorschrift, wenn junge Menschen sterben."

„Ja sagen Sie mal," – Heulanfall. Heulanfall Ende – „wenn mein armer Sohn sowieso aufgeschnitten wird ..., dann ..., könnten die ihn denn dann ..."

„Frau Weckle, ich bitte Sie!", unterbrach sie der Bestatter empört.

Dieses Gespräch wurde jetzt selbst dem Tod zu viel. Er eilte davon. Als nächstes war Gottlieb an der Reihe. Das müsste schnell und reibungslos gehen. Und dann stand er vor dem geöffneten Sarg von Gottlieb, aber Gottliebs Seele war weg. Auch die.

‚Oh Herr im Himmel, auch er', dachte der Tod erregt. ‚Er wird nicht weit sein, ich werde ihn finden', tröstet er sich. Sein Zeitplan war inzwischen völlig aus dem Ruder gelaufen. Also weiter. Was sich verschieben ließ, musste eben verschoben werden.

Wer kam als nächster? Fritz. Er fand den Leichnam von Fritz in einer kleinen Kapelle, ebenfalls aufgebahrt, aber mit verschlossenem Deckel. Die Kapelle war leer. Keine einzige Seele hielt sich dort auf. Weder die von Fritz, noch von einem Angehörigen oder irgendwem anders.

Allmählich verstand der Tod, warum manche Menschen fluchten. Mit Sicherheit trüge dies zu einer gewissen Entspannung bei, aber so weit war er noch lang nicht. Nun wenigstens rasch noch zu Edeltraut.

Er erreichte eine große, pompöse Villa aus Gründerzeiten mit riesigem Park. Vor dem Eingangsportal standen zwei Männer. Ein sportlich Gekleideter fuchtelte heftig mit den Armen und deutete immer wieder auf ein rotes Etwas, das augenscheinlich ein Auto gewesen war. Der andere Mann in dunklem Anzug trat betreten von einem Fuß auf den anderen. Der Sportliche rief aufgeregt: „Ist mir doch egal, wo die Schwierigkeiten sind. Wofür bezahle ich dich denn? Regle das! Ich will das Auto ersetzt haben. Egal, wie."

Der Tod huschte an ihnen vorbei und betrat Edeltrauts Schlafgemach. Das Bett war leer. Wo könnte sie sein? Er hastete durch die Räume. Endlich, da war sie ja. Nein, es war nur ihr Körper. Er lag in einer Abstellkammer auf einem Tisch, war gewaschen und für die Beerdigung eingekleidet. Wie lieblos, in einer Abstellkammer! Aber wo war ihre Seele?

„Nein", stöhnte der Tod, „sie nicht auch noch!"

Das würde ihm bei Gottlieb nicht auch noch passieren. Gottlieb war ein alter, disziplinierter Herr, der sich bestimmt nicht einfach aus dem Staub gemacht hatte. Er folgte Gottliebs Spur und entdecke ihn schließlich in einem Beerdigungsinstitut, ordnungsgemäß eingebettet in einem massiven Eichensarg. Nicht mal mehr ein Seufzer entwich seiner Kehle bei der Erkenntnis, dass auch Gottliebs Seele entschwunden war.

Na dann, nun lag eine mächtige Aufgabe vor ihm: die vier abgängigen Seelen auffinden und zusätzlich noch den üblichen Tagesplan durchführen.

Er entschied sich, zur eigenen Beruhigung, wenigstens eine Rückführung nach Plan durchzuführen. Es galt, eine Käthe abzuholen.

Gekleidet als Mann in den besten Jahren mit leicht ergrautem Haar und im tadellosen Anzug, betrat er das Zimmer von Käthe. Sie lag ruhig in ihrem Bett und öffnete die Augen, als er eintrat. Sie lächelte: „Ach, da bist du ja. Schön, dass du mich besuchen kommst. Komm", sie klopfte auf ihre Bettdecke, „setz dich zu mir."

Der Tod setzte sich zu ihr auf die Bettkante. Käthe betrachtete ihn mit gütigem Blick: „Mein Junge, du siehst schlecht aus. Du siehst aus wie der Tod selbst. Du arbeitest zu viel. Du musst dich auch mal ausruhen."

Er nickte.

„Weißt du, wenn du so viel arbeitest, dann verpasst du das ganze Leben."

Er nickte.

Sie zog seinen Kopf auf ihre Brust, kraulte leicht in seinem Haar und streichelte seinen Arm. Der Tod schloss die Augen und überließ sich dem tiefen Frieden, der über ihn kam. Oooh, wie gut das tat, oooh.

„Lass dir das von einer alten Frau sagen", begann sie wieder zu reden. „Du musst dich mehr um dich selbst kümmern. Sonst geht es dir wie mir."

„Was meinst du damit?", wollte der Tod wissen.

„Ach, mein Junge, ich liege jetzt schon zwei ganze Jahre hier herum und hatte viel Zeit zum Nachdenken. Und dabei ist mir einiges klar geworden."

„Was denn?"

„Mein ganzes Leben lang habe ich gearbeitet und gedient, damit es anderen gut geht. Für mich blieb keine Zeit übrig. Mir ist klar geworden, dass ich eigentlich überhaupt nicht gelebt habe. Zumindest nicht so, wie andere leben oder glauben, dass das Leben wäre. Also, lebenswert."

„Was meinst du damit? Was hättest du denn gern gemacht?", fragte er.

Sie überlegte. „Eigentlich habe ich gern gemacht, was ich gemacht habe. Wahrscheinlich nur deshalb, weil ich glaubte, keine andere Wahl zu haben. Aber weißt du, was das Schlimmste ist?"

„Was?"

„Dass ich immer noch nicht weiß, was ich eigentlich gern gemacht hätte. Weißt du, so wie andere das immer sagen: Ich wäre gern auf Reisen gegangen, oder ich hätte gern studiert, oder so etwas in der Art. Ich dachte immer, dass es meine Pflicht wäre, zu tun, was andere von mir erwarteten. Ich bin überhaupt nicht auf die Idee gekommen, eigene Wünsche haben zu dürfen. Ich war immer derart eingespannt, dass ich mir nie darüber Gedanken machen konnte, ob ich Talente hätte, oder gar noch ein Recht auf eigene Bedürfnisse. Noch nicht einmal eine eigene Meinung habe ich mir geleistet. Und jetzt ..." Dann schwieg sie.

„Was würdest du denn gern noch machen?"

Sie lachte. „Ich möchte auf einen ganz hohen Berg, einen richtig hohen Berg, dort oben gemütlich sitzen und Kirschkerne auf all die Leute spuken, die mir nicht gutgetan haben."

„Dann lass uns das doch tun", sagte der Tod mild, ebenfalls lächelnd.

„Wie denn? Ich kann doch nicht mehr laufen."

„Ich trage dich auf den Berg. Vorher hole ich noch ein paar Kirschen."

„Viele Kirschen, sehr viele Kirschen!"

Der Tod verschwand und kehrte kurz danach zurück. Mit einer sehr großen Tüte voller Kirschen. Er hob Käthe auf seine Arme, und sie schmiegte sich an ihn. Dann flogen sie auf einen hohen Berg. Dort setzte er Käthe ab. Sie strahlte.

„Wie schön ist es hier, wie schön! Oh, oh, wenn ich gewusst hätte, wie schön es hier ist, dann, ..., ja dann, dann hätte ich alles stehen und liegen lassen und wäre schon viel früher hier gewesen. Und jetzt gib mir die Kirschen."

Der Tod reichte ihr die Tüte Kirschen.

„Komm, Junge, mach mit, hilf mir."

Nun griff auch der Tod in die Tüte. Dann kauten beide Kirschen und spuckten die Kerne in weitem Bogen aus. Immer wieder blickten sie sich schelmisch an und fühlten sich unendlich jung.

Als die letzte Kirsche gegessen und der letzte Kern ausgespuckt war, fragte der Tod leise: „Was möchtest du jetzt tun?"

Wie ein junges Mädchen legte sie den Kopf leicht schräg und meinte schelmisch: „Ich würde gern noch mal tanzen. Als Mädchen habe ich so gern getanzt. Und nachdem ich geheiratet hatte, war alles vorbei."

„Käthe, dann lass uns tanzen." Der Tod verneigte sich leicht vor Käthe und reichte ihr galant den Arm. Dann führte er sie auf die kleine Wiese der Lichtung. Er nahm sie in den Arm und begann den Donauwalzer zu summen. Sie lag in seinem Arm, die Augen geschlossen, und lächelte, während sie tanzten.

Nachdem der Tanz beendet war, sagte Käthe ernst: „Es war wunderschön. Ich danke dir sehr. Aber jetzt möchte ich nach Hause."

„Du möchtest zurück in dein Zimmer?"

Erstaunt sah sie ihn an. „Natürlich nicht. Ich möchte nach Hause. Ich bin als Engel auf die Welt gekommen, habe verkleidet und wie in einem Gefängnis in einem Körper gelebt, nie meine Flügel ausgebreitet, und jetzt möchte ich nur noch eines: als Engel wieder nach Hause. Verstehst du?" Dann fügte sie nachdenklich hinzu: „Weißt du, die Menschen, auf die ich gespuckt habe, waren ja nicht wirklich böse. Sie haben sich nur genommen, was sie von mir kriegen konnten. Ich habe ihnen jetzt nur etwas von dem zurückgegeben, was ich von ihnen bekommen habe. Aber ich denke doch, dass einige dieser Menschen etwas bescheidener und zurückhaltender hätten sein können. Nun ja, ich habe jetzt meinen Frieden und bin auf niemanden böse. Komm, lass uns gehen. Ich will nach Hause."

Der Tod nickte. Er reichte ihr wiederum den Arm, sie hakte sich ein, dann gingen sie gemeinsam nach Hause ins Jenseits.

Der Tod empfand ein gewisses Bedauern, als er Käthe den dortigen Engeln überbracht hatte. Gern hätte er noch eine Weile ihre Gegenwart genossen und länger mit ihr geplaudert. Sie hatte ihn berührt, sie hatte ihm so gutgetan. Derartige Momente waren selten. Schade. Er dachte über ihre Worte nach: weniger arbeiten! Aber wie sollte das gehen?

Früher, ja früher, da war alles viel einfacher gewesen. Es hatte wesentlich weniger Menschen gegeben als heute. Früher gab es viele Seuchen oder Feldschlachten. Da wurden die Seelen einfach zusammengeführt und gemeinsam ins Jenseits verbracht. Aber heutzutage ... So viele Menschen wie derzeit hatte es noch nie auf der Erde gegeben. Und alles wurde individualisierter. Ständig kamen neue „Wünsche" von oben. „Wünsche" nannten sie das, haha! Das waren eindeutige Anweisungen, denen nachzukommen war. Alles wurde komplizierter. Es war nicht mehr zu schaffen. Um alles zu schaffen, bräuchte er mehr Kompetenz. Kompetenz wäre für ihn, wenn er entscheiden dürfte, ob jemand länger als verabredet auf der Erde bleiben könnte, oder noch etwas erledigte, oder ... Es gab so viele Möglichkeiten, wenn auch wenige Ausnahmen. Aber würde das nicht auch bedeuten, dass mehr Kompetenz einer Mehr-Arbeit gleichkäme? Und es war doch sowieso jetzt schon nicht mehr zu schaffen. Nichts durfte dazwischenkommen. So wie heute.

Wenn er doch nur wenigstens einen Assistenten hätte! Aber wer käme dafür infrage? Sicher, es gab ... –

nein, nein, und nochmals nein, das ginge überhaupt nicht. Obwohl der ..., nein! Natürlich verfügte der über gewisse ..., Himmelkreuzdonnerwetter, n-e-i-n! Soweit käme es noch! Schluss mit diesen Gedanken, aus, basta, Ende.

Zur Beruhigung seiner Nerven und in Gedenken an Käthe besorgte er sich noch eine Tüte Kirschen.

Währenddessen

Die vier bestiegen den Bus mit der Aufschrift „Destination Cannes". Nils quetschte sich auf gewohnte Art als Letzter durch die Tür, was keiner von den anderen bemerkte. Er blieb direkt vorn beim Fahrer stehen und blickte sehnsüchtig auf dessen Platz.

„Was meinst du, Edeltraut, ob ich auch mal Bus fahren kann?"

„Natürlich, mein Junge, natürlich. Setz dich doch einfach mal dorthin!"

Noch etwas schüchtern, setzte sich Nils auf den Fahrer, beziehungsweise den Fahrersitz. Augenblicklich stöhnte der Busfahrer auf. Er griff sich an die Brust und japste. Das Gefühl, keine Luft mehr zu bekommen, ließ ihn die Entscheidung treffen, so bald wie möglich einen Arzt aufzusuchen. Edeltraut bemerkte es und meinte freundlich zu Nils: „Setz dich am besten mehr auf seine Knie und guck erst mal zu, wie man einen Bus fährt. Später kannst du dann allein fahren."

Nils nickte glücklich und setzte sich mehr nach vorn, auf Beine und Knie des Busfahrers. Jetzt bekam der zwar wieder Luft, aber diese schweren Beine ... Er wurde wohl doch alt. Lang könnte er diese Busfahrten nicht mehr machen.

Nach fünf Stunden Fahrt war Pause angesagt. Alle stiegen aus, auch der Fahrer. Nur Nils nicht. Das war die

Gelegenheit, selbst mal Bus zu fahren. Den Zündschlüssel umdrehen, das konnte er nicht, aber die Bremse lösen, das ging. Der Bus tat, was er tun musste, er rollte los. Der Busfahrer erbleichte, dann rannte er dem Bus hinterher. Die Schwere in seinen Knien war wie weggeblasen. Er erreichte mit Müh und Not die hintere, offenstehende Tür und sprang rein. Dann hastete er nach vorn und zog ganz schnell die Bremse an. Verfluchte Scheiße, was war heute nur los! Fix und fertig setzte er sich auf den Fahrersitz und versuchte, sich zu beruhigen. Nils war ausgestiegen und hatte sich zu den anderen drei gesellt.

Nils: „Das war toll. Mann, war das toll. Ich wünschte, ich wäre Busfahrer geworden. Ich wollte eigentlich nie Bäcker werden." Dann fügte er hinzu: „Vielleicht hätte ich ja dann auch ein nettes Mädchen kennengelernt."

Während der restlichen Fahrt interessierte sich Edeltraut vor allem für den Inhalt aller Frauen-Taschen um sie herum. Die fielen alle irgendwie mehr oder weniger zufällig um, kippten aus, der Inhalt lag quer über den Boden verstreut. Den Frauen war das sehr peinlich, Edeltraut war entzückt. Zu ihrem Leidwesen konnte sie jedoch die verschiedenen Lippenstifte und Parfums gar nicht ausprobieren. Schade! Sie musste sich etwas einfallen lassen, wie sie es doch tun könnte. Hach, alles war ja so aufregend! Vor allem die vielen neuen Möglichkeiten, ungesehen im wahren Sinn des Wortes überall hineingucken zu können. Fast bedauerte sie, nicht schon früher diese Möglichkeit ergriffen zu haben. Aber wie hätte das gehen sollen? Als Zollbeamtin am Flughafen? Nein, am liebsten wäre sie auf Forschungsreisen gegangen, mit dem Schiff in alle Herren Länder, Exkursionen in Nepal, in der Antarktis, in Patagonien. Der Forschungszweck war ihr allerdings noch unklar.

Ab und zu warf sie einen Blick auf die anderen. Nils hockte wieder auf den Knien des Busfahrers, die Hände am Lenkrad. Der Junge hatte es wirklich verdient, einmal in seinem Leben glücklich zu sein. Und Fritz? Wo war Fritz? Dieses Schwein! Das musste man ihm abgewöhnen! Er kroch auf dem Boden herum, um den Frauen, die die Beine hochgelegt hatten, unter die Röcke zu sehen. Die Schutzengel der Touristen sahen ihm zwar stirnrunzelnd zu, sagten aber nichts.

„Fritz!"

Fritz schreckte hoch. „Was ist los?"

„Benimm dich."

„Ich mach doch gar nichts", protestierte er.

„Du weißt genau, was ich meine. Setz dich anständig hin oder leg dich oben aufs Dach, da hast du auch einen schönen Ausblick. Da kann dir der Wind wenigstens ein paar Flausen aus dem Kopf pusten. Los, mach schon. Rauf mit dir aufs Dach."

Murrend flog Fritz auf das Dach, setzte sich direkt über die Windschutzscheibe und ließ die Beine baumeln.

Und Gottlieb? Der saß hinten auf der letzten Bank neben einer attraktiven Frau in den mittleren Jahren. Sein Kopf lag auf ihrer Schulter. Naja, wenn ihn das glücklich machte.

Kaum waren sie in Cannes angekommen, legte Edeltraut wieder Tempo vor. Gottlieb rief dauernd: „Warten Sie doch, Gnädigste, warten Sie bitte!" Natürlich hatte man ihm keinen Gürtel in den Sarg gelegt. Jetzt schlackerten seine Hosen derart, dass er sie ständig mit einer Hand hochhalten musste. Er beneidete jetzt sogar Fritz ein wenig, der so unbeschwert in seinem offenen Hemd herumspringen konnte. Dumm war außerdem, dass man Gottlieb auch gar keine Unterwäsche angezogen hatte, sonst könnte er ja sein Beinkleid ablegen. Aber so ..., nein, das ginge auf keinen Fall!

„Seht mal", rief Edeltraut plötzlich und drosselte endlich ihr Tempo. „Das ist doch ein tolles Hotel. Da möchte ich übernachten. Was meint ihr?"

„Das ist groß", nuschelte Nils.

„Haben die auch eine Sauna?", wollte Fritz wissen.

„Gnädige Frau", begann Gottlieb.

„Edeltraut reicht."

„Ja gewiss, Edelgart."

„-traut, mein Herr, Edeltraut."

„Ja, gewiss, Edelgart."

„Also! Da gehen wir rein. Sucht euch alle ein schönes Zimmer aus. Wir treffen uns in einer Stunde hier unten wieder."

„Ich hab aber keine Uhr", maulte Nils.

„Blödmann, hier gibt's überall Uhren. Gucken kannste ja wohl noch", schnaubte Fritz.

Sie trennten sich. Edeltraut flog sofort durch alle Zimmer, schnüffelte ein wenig im Gepäck der Hotelgäste herum und beschloss danach, in der größten Suite im obersten Stockwerk mit der schönsten Aussicht zu nächtigen.

Nils ging seiner Nase nach und landete augenblicklich in der Großküche. Gottlieb nahm Platz an der Bar und Fritz? Fritz suchte nach dem Schwimmbad und der Sauna.

Edeltraut, Gottlieb, sogar Fritz, trafen sich pünktlich nach einer Stunde in der Lobby wieder. Gottlieb erbot sich, nach Nils zu schauen und hielt es für relativ sicher, ihn in der Küche zu finden. Was dann auch zutraf.

„Jungs", begann Edeltraut, „wir müssen zusammenbleiben. Ich habe die Befürchtung, dass dieser Sensenmann uns suchen wird. Einer muss immer Wache schieben. Ist das klar?"

Alle nickten. Scharf blickte sie allen in die Augen. Wer von diesen Jungs wäre wohl einigermaßen vertrauenswürdig? Wer könnte als Erster Ausschau halten? Hm. Wenn man Nils an einem Stand mit Fast Food platzieren könnte ... Gab es so etwas in Cannes überhaupt? Das galt es herauszufinden. Ja, das könnte klappen. Es wäre einen Versuch wert.

„Nils, du machst das als Erster. Hast du genug Essen gesehen?"

„Ja, Mann, das war toll da drin." Sehnsüchtig blickte er in Richtung Küchenraum.

„Gut, also kommt mit, wir gehen jetzt zum Strand. Du, Nils, setzt dich da hin, und wir sehen uns am Strand um. Klar?"

Nils nickte.

Nahe am Strand machte der Stand einer Blumenverkäuferin mit vielen Farbtupfern auf sich aufmerksam: ein kleines Wägelchen mit Eimern, in denen sowohl einzelne Blumen als auch hübsche, bunte Sträuße steckten. Dort wurde Nils geparkt.

Nils betrachtete die junge Frau näher. Sie mochte um die vierzig sein. Ein schönes, weiches Gesicht mit dunkler Hautfarbe, von brünetten Locken umrahmt. Sie war nicht dick und nicht dünn. Das leichte, geblümte Sommerkleid stand ihr ausgezeichnet. Und sie hatte ein bezauberndes Lächeln. Nils war augenblicklich in sie verliebt. Es würde ihm eine Freude sein, auf sie aufzupassen.

Fritz war schon wieder verschwunden. Er tänzelte am Strand herum und begaffte die eher spärlich bekleideten Schönen auf ihren Liegestühlen, die sich derart rekelten und eincremten, als wären sie bei einer Casting-Show für Strandmoden oder Nudisten. Er taxierte die Männer, die sich zu den Frauen gesellten, und begleitete die dann entstandenen Paare in ein Hotel, wenn ihm die Situation vielversprechend genug erschien, dabei auch etwas zu sehen zu kriegen.

Gottlieb setzte sich an die Strandbar und beobachtete das Treiben am Strand und auf der Promenade.

Edeltraut strahlte. Sie hatte am Strand von Cannes inzwischen den passenden Träger für ihr ersehntes Wasserski-Abenteuer gefunden: Ein etwa zwanzigjähriger, ausgesprochen gut aussehender Junge mit durchtrainiertem Körper machte sich gerade startklar. Behände raffte Edeltraut ihr Kleid hoch, sprang mit Schwung auf dessen Rücken, umklammerte mit ihren Beinen seine Oberschenkel und hielt sich mit beiden Händen an Gemächt und Brust des jungen Mannes fest. Was für ein Spaß! Alles in Edeltraut schrie nach mehr, mehr, mehr. Doch ihr Träger schien andere Empfindungen zu haben. Ungewöhnlich bald gab er dem Bootsführer das Zeichen, umzukehren. Später sagte er, er habe Magenkrämpfe gehabt, ihm wäre nicht wohl gewesen. Nie, nie und niemandem würde er jemals erzählen, was er tatsächlich gefühlt hatte.

Nils beobachtete weiterhin die Blumenverkäuferin. Ging jemand an ihrem Stand vorbei, lächelte sie stets mit diesem entzückenden Lächeln. Kam niemand, verlor sich das Lächeln, und sie sah eher traurig aus. Da musste man doch was machen! Sie sollte immer lächeln können. Aber wie sollte er das anstellen? Und dann tat er es: Er dachte nach.

Am Abend, als die Blumenverkäuferin mit einem wehmütigen Blick die nicht verkauften Blumen auf einen kleinen Handwagen packte, um zu gehen, unterbrach Nils seine tiefgründigen und schwerwiegenden Überlegungen. Traurig sah er ihr nach, war jedoch fest entschlossen, am nächsten Tag wieder auf sie aufzupassen.

Edeltraut sah sich suchend um. Fritz sah sie als Ersten, dann Nils, der erstaunlich brav am Blumenstand ausgeharrt hatte. Aber wo war Gottlieb? Zuletzt hatte er an der Bar gesessen. Aber jetzt war er nicht mehr zu entdecken. Fritz wusste – natürlich –nichts, und Nils hatte nicht über Gottlieb nachgedacht. Edeltraut war beunruhigt. Sollte der Sensenmann sie etwa schon gefunden haben? Käme er jetzt gleich, um auch sie zu holen?

Edeltraut machte sich auf die Suche. Die zwei anderen hockten sich hin und hingen ihren Gedanken nach.

Eine ganze Strecke entfernt, entdeckte sie eine Gestalt. Moment mal, das waren doch zwei! Warum zwei? Die zweite Gestalt konnte nicht der Sensenmann sein, diese Gestalt war deutlich kleiner als Gottlieb. Aber wer war es dann?

Gottlieb wusste es.

Er hatte eher gelangweilt an der Strandbar rumgesessen, sich wehmütig dem Duft der alkoholischen Getränke hingegeben, die er zu seinem großen Bedauern nicht mehr trinken konnte, und auf die Menschenmenge am Strand geschaut. Da hatte er eine dunkle Gestalt entdeckt, die am Strand entlangging, jedoch über oder durch die Menschen hinweg, die das noch nicht mal zu merken schienen. Merkwürdig! Das musste er sich genauer ansehen.

Er stand auf und ging der Gestalt entgegen. Dann sah er sie ganz deutlich: eine junge Frau, eher ein Mädchen, mit schwarzem, völlig aus der Mode gekommenen Hut, dunklen Haaren, streng nach hinten gebunden, einem ebenfalls schwarzen Paletot und weitem Wollrock, der bis zu ihren Knöcheln ging. An den Füßen trug sie schwarze, knöchelhohe Schnürschuhe. Sie blieb plötzlich stehen, bückte sich und durchwühlte mit ihren lederbehandschuhten Händen den Sand.

Gottlieb näherte sich ihr langsam, dann sprach er sie an:„Gnädige Frau, suchen Sie etwas?"

Die Gestalt schrak heftig zusammen, richtete sich auf und meinte streng: „Es ziemt sich nicht, eine Dame anzusprechen, ohne sich ihr vorgestellt zu haben!"

„Oh, entschuldigen Sie bitte, Madam", weiter kam er nicht, denn sie unterbrach ihn schon wieder: „Ich bin keine Madam. Ich bin im Stand eines Fräuleins. Und wenn Sie jetzt die Güte hätten, sich vorzustellen."

„Ja, ja, natürlich", meinte Gottlieb hastig. „Ich bin Gottlieb von der Buchenaue."

Sie nickte ihm huldvoll zu und antwortete: „Ich bin Comtesse Isabel de Beaudelieu, die Verlobte von Baron Gisbert de Bidaire."

Gottlieb verneigte sich mit den Worten: „Es ist mir eine Ehre."

„Ja, Monsieur, Sie dürfen mir behilflich sein. Es ist mir ein großes Unglück geschehen, vielmehr ein Missgeschick. Beim Suchen von Muscheln verlor ich meinen Verlobungsring hier im Sand. Die Schmach, ihn verloren zu haben, der Güte seines Ehegelübdes nicht genügend Achtung geschenkt zu haben, lässt mich nicht nach Hause zurückkehren, bevor ich den Ring nicht wiedergefunden habe. Aber verzeihen Sie, wenn ich Ihren Geist mit meinen Dummheiten belästige. Nur verstehen Sie, ich kann nicht ohne diesen Ring nach Hause zurück."

„Selbstverständlich, Comtesse, werde ich Ihnen beim Suchen behilflich sein."

Für Gottlieb stand fest, dass diese junge Frau ein Geist war, eine unglückliche Seele, die weder wusste, dass sie gestorben war, noch, dass sie längst im Jenseits sein sollte. Er gab sich Mühe, mit ihr im Sand zu graben, was ja ein völlig sinnloses Unternehmen war. Als problematisch erwies sich vor allem, dass er beim Bücken, Suchen und Graben unentwegt seine Hose an der ordnungsgemäßen Stelle zu halten hatte, also eher einhändig tätig werden musste. Aber er war neugierig, wie es weitergehen würde. Er sagte zu ihr: „Comtesse, ich war lange auf Reisen und bin erst vor wenigen Stunden hier angekommen. Ich habe etwas Konfusion mit dem Datum. Verzeihen Sie meine Frage, können Sie mir sagen, welches Datum heute ist?"

Sie sah ihn zwar an, trotzdem aber durch ihn hindurch: „Wir schreiben heute den siebten Februar im Jahr des Herrn 1816."

„Ich danke Ihnen, Comtesse. Ein Tag später, als ich dachte. Erlauben Sie mir, Sie nach Hause zu geleiten, bald wird ein Sturm aufkommen, und es ist bereits sehr kalt."

„Ich denke, Sie haben recht. Ich werde morgen früh weitersuchen. Danke für Ihr Angebot des Geleits, doch es schickt sich nicht für ein Fräulein, sich von einem Unbekannten geleiten zu lassen."

Damit drehte sie sich um und ging. Gottlieb ging einige Schritte neben ihr her und kehrte dann um. Er zitterte am ganzen feinstofflichen Leib. 1816! Seit 1816 ging diese Frau jeden Tag an den Strand, an dem für sie immer gleichen Tag und suchte wie am Vortag nach ihrem Verlobungsring. Und sie wusste es nicht.

Nein, nein und nochmals nein, er, Gottlieb, wollte nicht bis ans Ende seiner Tage – ach, die waren ja schon vorbei -, also eher: bis in alle Ewigkeit hier an diesem Strand sitzen! Die Ewigkeit war schließlich ganz schön lang. Nein, das wollte er ganz sicher nicht. Er hatte ein langes Leben gehabt, viel erlebt, viel verstanden, wenig begriffen – es war Zeit, diese Erde zu verlassen. Er würde mit Edelgart darüber reden müssen. Oder wollte die etwa für den Rest der Ewigkeit Wasserski laufen? Wo war sie überhaupt? Und wo waren die anderen? Gottlieb ging aufgewühlt an die Strandbar zurück und hielt Ausschau nach ihnen. Und entdeckte, wie sie langsam angeschlurft kamen.

Edeltraut wirkte recht nachdenklich, als sie ohne ihren früheren Elan in Gottliebs Richtung trottete. Stundenlang hatte sie an allen Wassersportaktivitäten teilgenommen, alles ausprobiert, und das anfangs auch sehr genossen. Anfangs. Doch der eigentliche Kick, der richtige Spaß, die waren ausgeblieben. Sie hatte sich an das Gefühl erinnert, durch die Sonne aufgeheizt ins Wasser zu springen, die Kühle der Fluten zu spüren, das Getragenwerden durch das Wasser zu genießen, die den Körper trocknende Brise, das Prickeln auf der salzigen Haut. Das alles konnte sie nicht mehr fühlen ... Wenn Wellen um ihren Körper peitschten, das Salzwasser ins Gesicht spritzte, das sanfte Umspülen der Füße in der Brandung – dieser Genuss, den konnte sie nicht mehr spüren. Und gerade dieses Körpergefühl machte doch alles aus. Nein, ohne Körper machte das alles keinen Spaß mehr. Und jetzt? Was jetzt? Sie wusste keine Antwort. Darum hatte sie beschlossen, bei den anderen mal nachzufragen, wie es ihnen denn so ging.

Fritz näherte sich mit hängendem Kopf. Der geilste Bock von allen mit hängendem Kopf? Liebe Zeit, das musste schlimm sein, denn hier gab es doch gerade für ihn wirklich genug zu sehen und zu erleben! Was wohl passiert sein mochte?

Ja, Fritz hatte in der Zwischenzeit viel gesehen und erlebt. Echt geile Momente, Dinge, Positionen im Dreier, im Vierer, im gemischten Doppel, nur Männlein, nur Weiblein. Aber er blieb immer Zuschauer, denn es ging ja nicht mehr, dabei selbst Hand anzulegen. Und nur zuzusehen, ohne selbst Genuss zu haben, war auf Dauer doch eher deprimierend. Er hatte inzwischen auch erkannt, dass diese Art von Sex nicht wirklich sein Ding war. War es nicht früher mal eine Wonne gewesen, mit einem üppigen Weib allein im Bett zu liegen, mit ihr so lang rumzumachen, bis beide erschöpft liegen blieben, die Weichheit der weiblichen Haut zu spüren, die Feuchtigkeit, die Hitze von zwei Körpern? Aber immer nur wie im Kino zusehen zu müssen, ohne echtes Körpergefühl? Ne, das war es nicht. Ihm fehlte sein Körper. Fritz wollte einfach nur noch von hier weg. Er hatte wirklich geglaubt gehabt, er wäre ein durch und durch geiler Typ. Aber so dekadent, wie die Leute hier waren, war er dann doch nicht. Und jetzt? Was jetzt? Vielleicht wusste ja Edeltraut, was zu tun war. Was auch ohne Körper Spaß machen könnte.

Nils schlurfte aus der anderen Richtung heran. Immerhin ging er aufrecht. Er wirkte entschlossen.

Auch ohne groß nachdenken zu müssen, hatte Nils festgestellt, dass seine Energie Menschen auf ihn prallen ließ, manche stolperten regelrecht über ihn. Zur Freude seiner neuen Freundin, der Blumenverkäuferin, kauften sie bei dieser Gelegenheit auch gleich einen Strauß. Und das machte die Verkäuferin glücklich. So sollte es ja auch sein. Sie sollte glücklich sein. Das war es wert, den ganzen Tag vor ihrem kleinen Stand zu hocken, sie zu betrachten und zu bewundern. Aber: Immer, wenn er sich ihr näherte, um sie nur einmal kurz zu umarmen, griff sie mit ihrer Hand an die Brust und rang nach Atem. Er wollte doch nicht, dass es ihr durch ihn schlecht ging! Aber er konnte auch nicht ewig – das ging ja sowieso nicht – vor ihrem Stand sitzen bleiben. Er würde sie verlassen müssen. Aber was sollte er tun? Was jetzt? Mal sehen, was die anderen so sagten ...

Schließlich standen die vier an der Bar nebeneinander. Gottlieb war aufgestanden. Keiner sagte ein Wort. Sie schauten alle nach irgendwo. Natürlich begann Fritz zu sprechen: „Und? Habt ihr erlebt, was ihr erleben wolltet?"

Keine Reaktion.

„Hat es euch die Sprache verschlagen?"

Gottlieb räusperte sich. Sein Erschrecken über ein Leben in Ewigkeit suchte noch nach den richtigen Worten. Dann begann er zu erzählen, was er erlebt hatte.

„Echt jetzt?", fragte Fritz.

Nils starrte ihn mit offenem Mund an, Edeltraut blickte zu Boden.

„Wenn ich es doch sage. Wir können ja mal zu diesem Haus gehen. Vielleicht gibt es ja einen Friedhof oder Gedenkstein, dann müsste sich das leicht überprüfen lassen."

Die drei anderen nickten und waren froh, nicht über ihre eigene Gemütsverfassung sprechen zu müssen.

Gottlieb voraus, trabten sie los. Sie erreichten die Überreste einer verfallen, dicken Mauer, die nur teilweise wieder aufgebaut worden war. Nach einem Spaziergang durch den weitläufigen Park sahen sie ein kleines Schloss, das offenkundig sachgemäß saniert worden war und auch bewohnt wurde. Gottlieb entdeckte den Stein als Erster: „Da, seht mal, dieser Stein. Könnt ihr erkennen, was da darauf steht?"

Alle beugten sich vor, um die teils verwitterten, teils überwucherten Buchstaben lesen zu können. Dann hatten sie es erkannt. In den Stein war gemeißelt:

Comtesse Isabel de Beaudelieu * 1799 +1816

„Liebe Zeit", murmelte Edeltraut, „das arme Dingelchen. So jung. Und du bist sicher, dass ihr Geist hier immer noch rumläuft?"

„Madam, wenn ich es Ihnen doch sage!"

„Edeltraut reicht."

„Ja, sicher, Pardon, Edelgart."

Nils blickte über seine Schulter und meinte: „Für die Leute da im Haus wird es aber auch nicht schön sein, wenn da ewig ein Geist herumläuft."

Alle nickten betreten.

Fritz wieder: „Ja, und jetzt?"

Sie sahen Fritz an und Nils fragte: „Was meinst du damit?"

„Naja, was wir jetzt tun sollen? Ich glaube, wir wollen hier nicht bis in alle Ewigkeit rumstehen, oder?"

Nun blickten alle erwartungsvoll auf Edeltraut.

Die sah zu Boden, schluckte schwer und sagte. „Wie gern würde ich mir noch mal den Wind ins Gesicht blasen lassen und das Meerwasser auf meiner Haut spüren!"

Alle nickten.

„Und ich würde unglaublich gern noch einmal über die Haut einer Frau streicheln", sagte Fritz.

„Und ich will Busfahrer sein, ein nettes Mädel kennenlernen, schlank sein und drei Kinder haben", sagte Nils bestimmt.

Gottlieb schwieg.

„Und was machen wir jetzt?", stellte Fritz die entscheidende Frage.

Schweigen.

Diesmal war es Nils, der die Stille brach. „Wie ist es eigentlich da oben? Weiß das jemand?"

Stockend begann Edeltraut: „Ich hatte mal eine Schwiegertochter. Sie war klug genug, sich von meinem Sohn ziemlich schnell wieder scheiden zu lassen. Das hat mich für sie gefreut. Sie erzählte mir mal was vom Jenseits, aber ich habe nicht richtig zugehört. Ich hielt das alles für Schwachsinn."

„Madam, ..."

„Edeltraut reicht."

„Pardon, Edelgart, was sagte sie denn?"

„Wenn ich mich nur richtig daran erinnern könnte!"

„Dann erzählen Sie doch einfach das, woran Sie sich erinnern", meinte Fritz weise.

„Ja, also, sie sagte, dass wir im Jenseits, also nein, unsere Seelen schon im Jenseits eine Absprache treffen mit den Seelen, die wir auf Erden dann treffen würden. Oder so. Und dort würde abgemacht, wer Vater, Mutter, Geschwister und so werden würde. Irgendwie so jedenfalls. Und dann würden wir eine Lebensaufgabe – keine Ahnung mehr, wie sie das genannt hat – bekommen."

„Könnten wir dann sagen, dass wir Busfahrer werden wollen?", wollte Nils wissen.

„Das weiß ich nicht. Ich habe ja, wie gesagt, nicht richtig zugehört", meinte Edeltraut bedauernd. „Auf jeden Fall kämen wir dann wieder zur Erde zurück mit einer Inka…, Inka-irgendwas."

„Inkarnation", korrigierte Gottlieb.

„Ja, so was eben."

„Heißt das, wenn wir jetzt nach oben gehen würden, dass wir dann wieder auf die Erde zurückkommen könnten?", fragte Fritz.

„Ja, so ist das wohl, wenn ich es richtig verstanden habe."

„Madam…"

„Edeltraut."

„Pardon, Edelgart. Sagt nicht der Buddhismus, dass die Seelen immer wieder zur Erde zurückkehren, einen Körper bewohnen und dann wieder gehen? Das würde doch auch bedeuten, dass wir schon früher mehrmals auf der Erde gewesen sein müssten und eben einfach zurückkehren würden."

„Ihr fragt mich Sachen! Was weiß denn ich? Aber so gesehen, wird es wohl so sein", meinte sie nachdenklich.

„Aber dann müsste ich mich doch daran erinnern", ließ Nils nicht locker. Ihn trieb die Aussicht, als Busfahrer wiederkommen zu dürfen. „Habe ich denn da Bäcker werden wollen?"

„Ihr stellt vielleicht Fragen! Ihr nervt mich. Ich habe doch gesagt, dass ich nicht richtig zugehört habe. Da müsst ihr schon jemanden fragen, der es weiß."

„Und wer weiß das?", fragte Nils.

Edeltraut schürzte die Lippen und meinte: „Das müsste eigentlich der Tod wissen."

Wie aus einem Mund: „Der Tod?"

„Hm, denke schon, dass der das weiß. Wen sonst könnten wir fragen?"

Betroffenheit machte sich breit.

Fritz wagte sich vorwärts: „Nehmen wir mal an, wir treffen den Tod, um ihm ein paar Fragen zu stellen. Nimmt er uns dann nicht gleich mit ins Jenseits, bevor er uns die Fragen beantwortet hat? Und wenn uns die Antworten nicht gefallen, müssen wir dann nicht trotzdem mit ins Jenseits? Hm. Dann könnten wir ja auch nicht mehr auf der Erde bleiben. Ich weiß nicht, ..."

„Welche Wahl haben wir denn?", wollte Edeltraut von ihm wissen.

„Weiß nicht," kam es eher kleinlaut von Fritz.

„Na also!"

„Wo glauben Madam, ..."

„Edeltraut."

„Ja, ja sicher, Pardon, Edelgart. Wo also glauben Madam, den Tod treffen zu können, um ihm diese Fragen zu stellen?", wollte Gottlieb wissen.

Sie zuckte mit den Schultern.

Plötzlich rief Nils laut: „Da, da!"

„Was?"

„Seht doch mal, dieses Plakat dort!"

Eigentlich kaum zu übersehen, prangte vor dem Strand ein riesiges Schild: „Le Mans, das Autorennen".

Nils hüpfte aufgeregt hin und her: „Da wird er bestimmt hinkommen. Da passiert doch immer was. Und da könnte man ihn doch abfangen. Und da könnte ich ihm doch gleich sagen, dass ich nur mitkomme, wenn ich im Jenseits Busfahrer werden kann und dann als Busfahrer wiederkommen darf."

Alle nickten.

Fritz meinte: „Und er muss mir zusichern, dass ich Bademeister und Rettungsschwimmer werden kann."

Ungläubig sah ihn Edeltraut an. „Du willst Bademeister und Rettungsschwimmer werden?"

„Ja, ist mir eben einfallen, und ich finde diesen Gedanken einfach großartig. Und Sie? Was wollen Sie denn machen, wenn Sie diese Inka-irgendwas bekommen?"

Edeltraut lächelte versonnen. „Ich werde Schiffskapi-
tän auf einem kleineren Handelsschiff und über alle
Meere segeln. Mit viel Wind im Gesicht und Salzwasser
auf der Haut."

Sie wandte sich an Gottlieb. „Und was haben Sie
vor?"

„Oh, Madam, mein Leben hier auf der Erde war ruhig
und beständig. Wahrscheinlich bin ich deshalb ver-
greist, weil ich zu viele theoretische Bücher gelesen, zu
wenig gelebt habe. Ich weiß nicht, was ich werden
möchte. Kann man sich auch vor dem Gang ins Jenseits,
also vom Tod, beraten lassen?"

Gottlieb erhielt keine Antwort. Alle starrten auf das
Plakat.

„Ja!", rief Edeltraut, „da gehen wir hin. Dann können
wir ja auch gleich sehen, was der Tod so macht und wie
er arbeitet. Wir verstecken uns. Und das Rennen ist ja
schon morgen."

Sie waren sich einig. Morgen, bei der gefährlichsten
Kurve würden sie an der Rennbahn warten. Alle waren
tief in Gedanken versunken und fieberten ziemlich an-
gespannt dem morgigen Tag entgegen.

Was machst du da eigentlich?

Der Tod spürte, dass dieser ständige Termin- und Zeit-druck, der Verlust der abhandengekommenen Seelen, und das Aufholen-Wollen aller verpassten Heimholun-gen eine ziemliche Gereiztheit in ihm ausgelöst hatten. Auch das war neu für ihn. Es fühlte sich scheußlich an. So wie gerade jetzt wieder.

„Hedwig, wir müssen jetzt gehen", sagte er sanft zu der Greisin, die seit vielen Jahren mehr schlafend und bewusstlos im Pflegeheim lag, als dass sie noch lebte.

„Nein", schrie sie. „Ich bin noch nicht so weit!"

Der Tod blieb – noch – geduldig: „Hedwig, seit sechs Jahren siehst du dich jetzt schon im Jenseits um. Und du weißt immer noch nicht, wohin du möchtest?"

„Nein, ich habe noch nicht alles gesehen. Ich muss mich weiter umsehen."

„Hedwig", der Ton des Todes verschärfte sich um eine Nuance, „ich glaube, du hast genug gesehen, um dich jetzt entscheiden zu können."

„Nein, und außerdem hatte ich deshalb keine Zeit, hier noch etwas zu erledigen."

„Was willst du denn hier noch erledigen?"

„Ich habe den Leuten noch so einiges zu sagen!"

„Hedwig, du kannst nicht mehr sprechen. Du kannst ihnen nichts mehr sagen. Hast du etwa Angst vor dem Weg ins Jenseits?"

„Nein, nein", widersprach sie sofort, „ich habe dort doch alles gesehen. Ich weiß, wie es da oben ist."

Er, wieder, aber in leicht verschärftem Ton: „Eben sagtest du, du hättest noch nicht alles gesehen."

„Dummes Gerede einer alten Frau! Natürlich habe ich noch nicht alles gesehen. Es ist ja so groß dort."

„Hedwig", meinte der Tod nun forsch, „wir müssen gehen!"

„Kann ich denn nicht noch ein wenig bleiben? Ich hätte doch so gern noch das ein oder andere auf der Erde gemacht!"

„Hedwig, du weißt genau, dass das nicht mehr möglich ist."

„Ich will noch nicht, ich kann noch nicht. Ich kann mich nicht entscheiden."

Der Tod sah zu Hedwigs Engel, der bedauernd die Schultern hob.

Ein weiterer Zeitverzug! Der Tod musste sich dringend beruhigen.

„Hast du Kirschen?", fragte er den Engel.

„Wie bitte?"

„Ob – du – Kir-schen hast!"

„N-nein."

Der Tod murmelte etwas vor sich hin, was der Engel zum Glück nicht verstehen konnte.

„Hedwig!" Nun ließ der Ton des Todes keine Widerrede mehr zu. „komm jetzt!"

„Ihr wollt mich nur bestrafen. Bestrafen wollt ihr mich", wimmerte die Greisin.

Normalerweise hätte der Tod sie ganz schnell beschwichtigt, ihr gesagt, dass niemand im Jenseits für seine Taten im Leben bestraft wird. Doch dazu war er jetzt einfach nicht in der Lage. Er schnappte sich Hedwig und führte sie zielstrebig ins Jenseits. Der Engel lief ihnen hinterher.

Kaum hatte er sie abgeliefert, besorgte sich der Tod Kirschen. Viele Kirschen. „Junge, komm runter, entspann dich" – hatte das nicht seine Käthe gesagt? Käthe! Sanft dachte er ihren Namen.

Er kletterte auf den Berg, wo er mit Käthe gesessen hatte, aß seine Kirschen und spuckte die Kerne in weitem Bogen aus. Einen nach dem anderen.

„He, was machst du da? Was soll das? Spinnst du?"

Verdutzt blickte sich der Tod um. Er sah niemanden. Also spuckte er weiter Kirschkerne in die Landschaft.

„Lass den Scheiß! Das tut doch weh."

Der Tod hielt inne und schaute sich etwas genauer um. Richtig, da unten bewegte sich etwas.

„Tut mir leid", rief der Tod, „ich hatte nicht gesehen, dass da jemand ist."

„Dann mach deine Augen auf, du Trottel", so die ungehaltene Antwort.

In die unkenntliche Gestalt kam etwas mehr Bewegung. Vorher war sie eher gebückt gewesen, jetzt richtete sie sich zur vollen Größe auf. Und da erkannte sie der Tod. Natürlich! Luzifer. Ausgerechnet! Der fehlte ihm jetzt gerade noch.

„Was machst du da eigentlich?", fragte Luzifer den Tod ohne Anrede.

„Pause", meinte der Tod lakonisch.

„Klar, was auch sonst. Immer schön seine Pausen einhalten, gelle!"

Der Tod hielt ihm wortlos die Tüte mit den Kirschen hin. Luzifer bediente sich. Dann spuckten beide Kirschkerne in die Landschaft. Welch ein Friede den Tod nun überkam!

„Sag mal", begann Luzifer ein Weilchen später, „im Ernst, was machst du hier eigentlich?"

„Ach", bekam er zur Antwort. Und das war es auch schon.

„Komm, jetzt sag schon. Was ist los?"

„Ach", begann der Tod lustlos, „hab Probleme."

„Hä?"

„Ja, du hast richtig gehört."

Luzifer schüttelte heftig den Kopf. „Das glaub ich nicht. Seit wann hat der Tod Probleme?"

Wieder kam nur ein ermattetes „Ach".

„Wenn du Kirschkerne ausspucken kannst, dann kannst du das ja wohl auch ausspucken. Jetzt sag schon. Wir sind doch unter uns", beharrte Luzifer.

War es Käthes Berg, oder waren es die Kirschen?

Egal. Der Tod begann zu reden, erzählte die Geschichte in reduzierter Form, indem er schon mal sein Verschlafen ausließ. Er berichtete lediglich vom Vertauschen der Tagespläne und davon, dass er jetzt zeitlich im Rückstand sei und Chaos herrsche. Von den vier verloren gegangenen Seelen sagte er auch nichts. Das war eine persönliche, eine sehr persönliche Angelegenheit.

Interessiert hatte Luzifer zugehört. Das waren ja vollkommen neue Töne! Das musste er erst einmal verdauen, deshalb sagte er vorläufig lieber gar nichts. Er wusste ja nicht, was sonst noch kommen würde.

„Hör mal", begann der Tod, „mir wäre sehr geholfen, wenn ich für einen oder zwei Tage eine Hilfe hätte."

Pause.

„Ich dachte mir ..., könnte ja sein ..., vielleicht wäre es ..., also, was ich sagen wollte ..., wäre es wohl möglich, dass du mir zwei Tage zur Hand gehst?"

Das verschlug Luzifer nun tatsächlich den Atem. Er glaubte, sich verhört zu haben und fragte verblüfft: „Was?"

„Entschuldige, war ja nur eine Frage. Aber ich kriege es irgendwie auch so hin. Es war ja nur, dass ..."

„Hab ich das richtig verstanden, dass duuu meine Hilfe brauchst?"

„Vergiss es, war ja nur, weil es mir so durch den Kopf gegangen ist."

„Ne, nee, ich hab dich schon richtig verstanden. Nur: Ich hätte nie für möglich gehalten, dass ausgerechnet du mal meine Hilfe oder überhaupt Hilfe brauchen würdest."

„Es wäre ja nur für zwei Tage. Und das würde ja insofern passen, als ich ausgerechnet morgen fünf recht eigensinnige Seelen heimführen muss. Dafür benötige ich immer mehr Zeit als bei anderen."

Luzifer wiegte den Kopf hin und her. Das könnte mal ein echter Spaß werden. Mal was ganz anderes! Eine nette Abwechslung. Und der Tod wäre ihm dann auch etwas schuldig. Klar. Er war dabei. Auch war es für ihn eine echte Überraschung, wie gut man mit dem Tod Kirschen essen konnte.

„Ich mach das", sagte er dem überraschten und glücklichen Tod. „Wie gehen wir vor? Wie hast du dir das gedacht?"

„Heute Nachmittag habe ich nur sieben Benachrichtigungen und drei Heimführungen. Morgen Vormittag habe ich noch Rückstände aufzuarbeiten, aber am Nachmittag bin ich auf einem Friedhof." Er räusperte sich und sprach mit erstickter Stimme weiter: „Und dann kommen noch zwei Seelen dazu, aber ich habe keine Ahnung, wer sie sind und wo ich sie finde. Dieser Zustand ist untragbar. Untragbar!" Er schniefte kaum hörbar und meinte dann: „Aber wie gesagt, es war nur eine Frage. Wenn du keine Zeit hast, ..."

„Nein, nein, doch, doch. Ich hab dir doch schon versprochen: Ich bin dabei. Also, wann treffen wir uns? Damit du mir eine Einweisung geben kannst."

„Wäre dir morgen Nachmittag auf dem Friedhof recht?"

„Klar. Gib mir schon mal die Adressen der ..., der eigensinnigen Seelen. Ich kann ja gleich mal gucken gehen."

„Ja, ja, hier sind die Namen."

Der Tod nahm den Zettel und sagte dann: „Sag mal, was ich ..."

Luzifer beendete seine Frage nicht, denn plötzlich stürmte er los und rief: „Nein, nein, lass das. Das machst du nicht, du feige Sau. Du gehst gefälligst nach Hause."

Verdutzt blickte der Tod seinem neuen Assistenten nach. Der rannte auf einen jüngeren Mann zu, der am Rand einer Klippe stand und wohl vorhatte, sich in den Abgrund hinab zu stürzen.

„Hör mal zu", sagt Luzifer zu dem Mann, „erst baust du Mist, dann willst du kneifen. Und was ist mit deiner Frau? Du willst eine schwangere Frau mit einem Kleinkind zurücklassen, bloß weil du deinen Schwanz nicht im Griff hast und die Finger mal wieder nicht vom Glücksspiel lassen konntest? Du gehst jetzt nach Hause. Deine Frau weiß es sowieso schon lang. Und weiß der Himmel, warum sie dich immer noch liebt."

„Meine Frau ... meine Lisa ist schwanger?"

„Ja, du Idiot!"

„Weiß sie das?"

„Sie ahnt es. Es wird ein Junge."

„Woher willst du das wissen?"

„Ich weiß es eben. Und jetzt hau ab, bevor ich dich persönlich runter werfe."

„Ein Junge, es wird ein Junge", jubelte der Mann und wollte losrennen. Aber Luzifer hielt ihn fest, sah ihm direkt in die Augen und meinte: „Und eins sag ich dir, wenn du in Zukunft deinen Hosenstall außer Haus aufmachst oder nur noch einmal zum Kartentisch gehst, dann komme ich persönlich vorbei, schnapp dich und wir holen nach, was du hier eben machen wolltest. Klar?!"

Der junge Mann nickte heftig, entwand sich Luzifers Griff und stürmte los. Er hatte in seiner Eile ganz vergessen, nach Luzifers Namen zu fragen, und das war wohl auch besser so.

Der Tod hatte interessiert, aber auch verwirrt zugesehen. Einerseits erleichtert, für zwei Tage einen Assistenten zu haben, beschlich ihn doch andererseits das leise Gefühl, dass die Heimführungen durch Luzi, wie er ihn nannte, vielleicht doch nicht so ganz in seinem Sinn sein könnten. Aber es ging ja nur um zwei Tage. Was sollte da schon groß schiefgehen, beruhigte er sich. Und schlich sich davon, er hatte ja noch zu tun.

Der Rest seines Arbeitstags verlief erstaunlich ruhig und reibungslos. Die zu Benachrichtigenden hatten sein Kommen bereits geahnt und bereiteten sich vor. Die Heimführungen selbst konnten in Stille und Ruhe ablaufen.

Und da er seine Arbeit früher als gedacht erledigt hatte, kam es ihm in den Sinn, doch mal zu schauen, was Luzi eigentlich so machte. Bisher hatte ihn das nicht weiter interessiert. Es gab ihn eben. Und das war es auch schon gewesen. Aber jetzt, jetzt interessierte ihn der Typ doch.

Der Tod nahm Luzis Fährte auf. Und, Potzblitz, er fand ihn bei dem ersten Mann von seiner eigenen Liste in dessen Zuhause. Gustav hieß der Mann und seine Seele sollte eigentlich erst morgen ins Jenseits geführt werden. So wurde der Tod ziemlich erstaunt Zeuge folgender Szene:

Luzifer: „Komm, du alter Sack, deine Zeit ist um. Sieh zu, dass du hier verschwindest."

Gustav: „Nein. Hau bloß ab! Ich bleibe hier."

Luzifer: „Du hast mir überhaupt nichts zu sagen, du elendiger Greis. Du hast lang genug deine Mitmenschen tyrannisiert, mit deiner Rechthaberei und deinen Wutanfällen, du elende Ratte. Es wird Zeit, dass sie endlich von dir befreit werden. Heb deinen Arsch und verschwinde."

Gustav: „Ich will nicht!"

Luzifer: „Wenn ich bis drei gezählt habe, hast du dich vom Acker gemacht. Ansonsten mach ich dich so fertig, wie es schon lang jemand mit dir hätte tun sollen. Los jetzt, dalli, dalli. Ich zähle."

Gustav: „Ich weiß doch gar nicht, wo ich hinsoll."

Das war jetzt ein kleines Problem. Vielleicht hätte Luzifer vor seiner ersten Heimführung doch besser die versprochene Einweisung durch Gevatter Tod abwarten sollen. Aber es war einfach nicht Luzis Art, Anweisungen zu befolgen. Und außerdem würde er seine höchst reizvolle neue Tätigkeit ohnehin auf seine eigene Weise erledigen. Also: Was soll's? Probleme waren nun mal dazu da, gelöst zu werden.

Luzi: „Am liebsten würde ich dich in die Hölle schicken. Aber ich bin heute freundlich. Ich zeig dir die Richtung, und dann rennst du, wie du noch nie zuvor in deinem Leben gelaufen bist. Eins ..., zwei ...“

„Ich geh ja schon, ich geh ja. Wohin?“

Luzi zeigte mit dem Finger irgendwohin nach oben in die Luft. Würde schon irgendwie passen.

Gustav düste los wie ein angestochener Luftballon.

Der Zeuge Tod räusperte sich. Luzi drehte sich zu ihm um: „Ah, Gevatter, ich hatte eben etwas Zeit. Und da dachte ich, könnte ich ja heute schon mal mit der Arbeit anfangen.“

Wieder räusperte sich der Tod und wusste nicht so recht, wie er beginnen sollte.

„Das war“, setzte er an, „das war ..., ähm ..., recht ..., eindrucksvoll. Aber es entsprach nicht so ganz den Vorschriften.“

Es war wohl nicht ganz der richtige Augenblick für eine Rüge, denn Luzi explodierte regelrecht. In drohender Haltung ging er auf den Tod zu: „Hör mal zu, Bürschchen, du sagst mir nicht, was richtig und was falsch ist. Du nicht. Du mit deinen Vorschriften. Du kannst mich mal. Hast du eigentlich eine Ahnung, was du mit deinen ... deinen Heimführungen“, dieses Wort spuckte er regelrecht aus, „anrichtest? Hä? Hä? Nee, haste nicht. Du führst die Seelen nach Hause, glaubst, es reicht, wenn die Angehörigen danach ein Lichtlein anbrennen, und das war es dann, was? Ne, mein Lieber, ne, ganz und gar nicht! Komm, komm mal her, ich zeig dir was. Setz dich. Los jetzt."

Luzi hockte sich auf den Boden, klopfte auf den Platz neben sich und wiederholte: „Hock dich schon hin!"

Widerspruchslos hockte sich der Tod neben Luzifer.

„So, jetzt pass mal auf. Dann siehst du, was du mit deinen Heimführungen machst."

Luzi zog eine Plasma-Scheibe aus seiner Tasche und tippte darauf. Der Bildschirm zeigte eine jüngere, jedoch sehr verhärmt wirkende Frau, an die sich fünf kleine Kinder klammerten und weinten. Sie saß in einer erbärmlich schäbigen Bauernhütte. Die Armut war dort offensichtlich Dauergast. Vor der Frau stand in Drohgebärde ein stämmiger Mann, hinter ihm eine hämisch grinsende Frau im Sonntagsgewand.

„Guck genau hin. Du hast gerade ein paar Tage vorher ihren Mann ins Jenseits geschickt."

Dann klickte er das kurze Video an.

Der stämmige Mann sagte zu der Mutter: „Es ist nicht Gottes Wille, dass eine Frau allein einen Hof führt. Den übernehme ich jetzt als dein älterer Bruder. Du kannst von mir aus als Magd bleiben, aber die Kinder müssen sich ihr Brot selber verdienen. Die gebe ich zu anderen Bauern. Ich kann nicht deine ganze Brut durchfüttern."

Luzi: „Was sagst du dazu, hä? Hast du jemals an die gedacht, die zurückbleiben? Was mit denen passiert, hä? Ne, mit Sicherheit nicht."

„Ich dachte ...", wollte der Tod kleinlaut erklären.

„Es interessiert mich einen Scheiß, was du dachtest. Ich sehe nur, was du zurücklässt. Und das ist Elend ohne Ende. Und wer kümmert sich dann drum, hä? Ich! Und weißt du, was ich gemacht habe? Ich hab einen Stier auf diesen Mistkerl gehetzt. Den hast du am nächsten Tag abgeholt. Den Mistkerl, meine ich. Und dessen Witwe darf jetzt mit der anderen Witwe und mit allen fünf Kindern den Hof bewirtschaften. Gut, nicht wahr?"

Wieder tippte er auf die Scheibe. „Schau her!" Der Tod sah eine wunderschöne Frau Mitte zwanzig, der aus der Haustür einer Villa ein Koffer nachgeworfen wurde.

„Der haben sie ganz übel mitgespielt. Die hatte den alten Kerl tatsächlich aus Liebe geheiratet. Kaum war der Alte gestorben, du hast ihn ja geholt, kamen die Kinder und haben sie unglaublich grob aus dem Haus geworfen. Und was mach ich? Heute ist sie eins der bekanntesten Models in den USA. Und sieh her, die da."

Das Bild, das jetzt erschien, zeigte eine etwa 35-jährige Frau und zwei Kinder im Alter von zehn und acht Jahren.

„Den Mann hast du auch geholt. Verkehrsunfall. Der Kerl konnte nichts dafür. Und jetzt hockt die Frau da mit ihren Kindern, hat nichts und dazu keine Ahnung, wie es weitergehen soll. Und ich habe es hingekriegt, dass sie inzwischen mit einem lieben Mann in einer Patchwork-Familie lebt. Und hier und hier und hier und hier." In schneller Folge zeigte Luzifer Bilder von orientierungslosen und trauernden Menschen. „Und ich muss den ganzen Scheiß ausbaden, den ihr alle da oben anrichtet."

„Ich wusste nicht …", stotterte der Tod.

„Gar nichts weißt du. Hat dich ja auch nie interessiert", sagte Luzifer heftig. „Hast ja nur deinen Job gemacht, nicht wahr? Streng nach Vorschrift. Mitsamt deinen Engeln. Was machen die eigentlich den ganzen Tag?"

„Ich …, ich …", stotterte der Tod.

„Weißt du eigentlich, wie wütend ich bin? Die Trauer, der Schmerz über die Verstorbenen sind die eine Sache. Die ist bei den meisten schon schlimm genug. Aber dazu kommt ja noch die Sache mit den drei Affen."

„Drei Affen?"

„Klar. Weißt du natürlich auch nicht. Hast dich ja nie um die Menschen gekümmert. Immer nur um die Toten. Weißt du eigentlich, wovor sich die Menschen am meisten fürchten? Na, na?"

„Äh, Krankheit, Armut, Ver …"

„Schwachsinn, alles Schwachsinn! Vor dir, mein Bester, vor dir, dem Tod. Da drehen sie sich um, da ducken sie sich weg, egal, ob sie selbst betroffen sind oder ein anderer. So, als wärest du eine ansteckende Krankheit. Und genau so ist es dann auch für die, denen du jemanden weggenommen hast. Ja, weggenommen! Zu ihrer Trauer kommen nämlich noch die drei Affen. Die drei Affen sind die Menschen aus ihrer Umgebung, Familie, Freunde der Trauernden. Diese Affen ducken sich erst mal weg, bleiben hocken und schweigen. Sie wollen nichts sehen, nichts hören, nichts sagen. Und der Mensch, der vor einem kompletten Wendepunkt seines Lebens steht, der steht – verdammt noch mal! – völlig allein da. Da ist niemand. Es wird erwartet, dass sich dieser Mensch zwei Wochen ins Bett legt, durchheult, und dann muss alles wieder gut sein. Mehr erwarten die drei Affen nicht."

„Aber, ..., aber, ..., aa ..."

„Aber, aber ...! Hör auf, ich ertrag das nicht mehr. Es ist mein verdammter Job, diesen Menschen wieder auf die Beine zu helfen. Damit sie wieder ins Leben zurückfinden. Auch, wenn ich dazu manchmal etwas ... etwas spezielle Methoden anwenden muss." Nach einer kurzen Pause fuhr er fort: „Und das Wegducken und Wegsehen hat sich so den Menschen ins Fleisch und ins Gehirn gebrannt, dass sie das auch bei anderen Schicksalsschlägen ihrer Nachbarn machen. Pfff, soziale Netzwerke – finde die mal. Da muss heutzutage ein Mensch schon richtig viel Glück haben."

Dann verfiel Luzi in ein nachdenkliches, sorgenvolles Schweigen.

„Du tust ja gerade so, als würde ich die Menschen umbringen! Ich bin kein Killer. Wenn doch, dann müsstest du mich schon als Massenmörder bezeichnen bei der Menge an Seelen, die ich nach Hause gebracht habe. Aber ich töte nicht. Niemals. Weder aus Vorsatz, noch aus Versehen. Die Seelen selbst entscheiden doch, wann sie wegwollen. SIE haben den Termin vor ihrem Niedergang zur Erde ausgemacht, ich doch nicht! Ich mache nichts anderes, als sie an ihren eigenen Termin zu erinnern. Und dann erst hole ich sie ab und bringe sie nach Hause. Also gib mir bitte nicht an allem die Schuld. Außerdem: Was soll ich denn deiner Meinung nach tun?", unterbrach ihn der Tod, jetzt doch etwas erbost.

„Dir was einfallen lassen!"

„Was einfallen lassen?!"

„Ja, einfallen lassen. Man muss doch etwas tun können für die, die allein zurückbleiben. Wenigstens Trost spenden, wenigstens jemanden herbeiführen, der mit ihnen redet, nicht nur murmelt: ‚Was soll ich denn sagen' oder: ‚Sie oder er will allein sein, um alles zu verarbeiten' oder Wochen nach der sogenannten Quarantänezeit nur anruft und blöd fragt: ‚Kann ich was für dich tun'? Verdammt, wie kriegt man Menschen dazu, aus ihrer Komfortzone raus zu kommen, ihre Angst und Unsicherheiten zu überwinden, um Trost zu spenden und Präsenz zu zeigen? Da muss es doch eine Möglichkeit geben", rief Luzi erregt.

„Ich könnte eine Eingabe machen oder einen Antrag stellen", schlug der Tod vor.

„Blödsinn, bis da eine Antwort kommt, sind wir in der Ewigkeit gelandet."

„Luzi", sagte der Tod, „so ist es nun auch wieder nicht!"

„Wie dann? Sag's mir, sag's mir. Ich bin älter als du, schon vergessen, hä? Ich bin schon viel länger auf der Erde als du, schon vergessen, hä? Und ob du es glaubst oder nicht, ich mag die Menschen. Ich mag sie. Schließlich bin ich als Engel des Lichts hergekommen. Und nur, weil ich den Menschen Angebote mache, um sie lernen zu lassen, stellt man mich mit Satan oder dem Teufel gleich. Und das ist, gelinde gesagt, einfach nur zum Kotzen. Aber bitte! Ich habe nichts zu verlieren, und deshalb kann ich machen, was ich will. Und immerhin bin ich für die Menschen da. Du nicht."

„Jetzt ist es aber genug, Luzi. Ich weiß, wer du bist und dass du älter bist als ich. Aber das bringt uns jetzt keiner Lösung näher."

„Richtig", nickte Luzi, „ich werde nachdenken."

Nun standen beide in Gedanken verloren da, sahen nach oben und erblickten Gustav, der im Zickzack umherirrte und den Weg ins Jenseits suchte.

„Hilf dem mal", meinte Luzi, „der findet tatsächlich den Weg nicht."

Der Tod nickte und flog Gustav nach, um ihn ordnungsgemäß ins Jenseits zu geleiten.

Als der Tod von dieser Heimbringung zurückkehrte, saß Luzi immer noch gedankenverloren an der gleichen Stelle wie vorher.

„Du bist ja immer noch hier", sagte er zu Luzi.

„Hm. Ich sagte doch, dass ich nachdenken muss."

„Und?"

„M-m, noch nix."

Nun saßen beide da und blickten versonnen in die Landschaft.

Plötzlich sprang Luzi auf. „Da, da! Den kenn ich, diese Ausgeburt des Teufels!", rief er. Und bevor der Tod begriff, worum es ging, stürzte Luzi los.

„Halt, halt", hörte er ihn rufen, „du korruptes, mieses Schwein, so kommst du mir nicht davon!"

Ein älterer Mann gepflegter Erscheinung mit weißem Haar, Armani-Anzug, Breitling-Uhr und handgearbeiteten Schuhen stieg gerade aus dem Fond einer Luxus-Limousine neuster Bauart. Er griff sich ans Herz und sackte zu Boden, bevor sein Chauffeur etwas bemerkte.

„Du elendige Type", schrie Luzi, „wenn du glaubst, du kommst mit einer Reanimation durch, dann hast du dich getäuscht. Du verschwindest jetzt von hier. Du hast mit deiner Geldgier schon genug Schaden auf der Welt angerichtet. Jetzt reicht es." Mit diesen Worten packte er den Astralkörper und zog ihn aus dem Leib des Mannes.

„Was wollen Sie eigentlich von mir? Wissen Sie überhaupt, wer ich bin? Wer ist Ihr Vorgesetzter? Das wird Konsequenzen für Sie haben!"

Luzi kicherte hämisch. „Du bist niemand mehr. Du bist tot, tot, tot, verstehst du?"

„Hören Sie mal, lassen Sie diesen Unsinn. Sie sehen doch, dass ich lebe."

„Dann zeig ich dir mal was, du Klugscheißer, du Kotzbrocken, du letztes Stück Dreck."

Luzi hob den Mann am Kragen zwei Meter hoch und deutete nach unten auf den leblosen Körper.

„Und? Was sagste jetzt? Ist der tot oder nicht?"

Der in der Luft schwebende Geist des Mannes blickte nach unten, blieb aber scheinbar gelassen.

„Sie sehen doch, dass dieser ... dieser ... Körper reanimiert wird."

„Klar sehe ich das. Ich sehe aber auch, dass bereits alle den Kopf schütteln, Kerlchen. Du bist tot."

„Das kann nicht sein", argumentierte der Mann jetzt. „Wenn man tot ist, ist man tot. Und danach ist nichts mehr. Aber ich lebe."

„Das, du Schleimkröte, du Hurenbock und Kinderschänder, das ist eben dein kleiner Irrtum."

Der Tod hatte von Weitem zugesehen. Und nichts getan. Nur zugesehen, bis Luzi ihm jetzt zurief:„Gevatter, wo kommen eigentlich die hin, für die es nach dem Tod nichts gibt?"

„In die Leere, ins Nichts."

„Meine Fresse, Scheiße. Das ist schlimm. Hast du gehört? Du kommst in die Leere. Auweia. Das ist ja schlimmer als die Hölle. Naja, dann hast du immerhin genug Zeit, um über dein Leben nachzudenken."

„Luzi, Luzi, pass auf. Der Teufel steht hinter dir. Pass auf, dass er dir den Knaben nicht entreißt", rief der Tod plötzlich sehr laut.

Sofort katapultierte Luzi den Astralkörper mitsamt Seele in die Luft, düste ihm hinterher und brachte ihn in eine Blase des Nichts. Sollte der Teufel doch zusehen, wie er den dort wieder rausbekäme! Der Teufel runzelte nur verärgert die Stirn. Es brachte nicht viel, sich mit Luzifer anzulegen. Außerdem hatte er noch viele andere Kandidaten in petto, da kam es auf den einen auch nicht mehr an. Dumm gelaufen eben.

Nach kurzer Zeit kehrte Luzi atemlos zurück. Er war stolz auf sich. Zwei von der Liste hatte er jetzt schon abgearbeitet.

Vollkommen ruhig hatte der Tod ihn erwartet.

„Hast du Kirschen?", fragte er Luzi dann.

„Nimm Aprikosen, die haben größere Kerne."

Erster Versuch

Die TriWis, wie sie von den Leuten im Ort genannt wurden, betraten eben mal wieder den Friedhof. Bei den TriWis handelte es sich um drei Witwen in sehr fortgeschrittenem Alter, die keine Senioren-Plus-Veranstaltung ausließen. Auf allen Beerdigungen waren sie Stammgäste. In den meisten Fällen gab es einen Leichenschmaus, meist Kaffee mit Kuchen, manchmal auch Häppchen, die man sich keinesfalls entgehen lassen konnte. Aber das war nur einer der Gründe für die Regelmäßigkeit, mit der die drei Frauen auftauchten. Nirgendwo fand man mehr Stoff für Klatsch und Tratsch als eben auf diesen Senioren-Plus-Veranstaltungen. Die drei waren unvermeidbar auf jeder Beerdigung, so wie in anderen Ländern und Kulturen Klageweiber. Nur, dass sie nicht klagten, sondern tratschten.

Die drei Frauen konnten einander nicht ausstehen. Aber eine bessere Lösung ließ sich nicht finden, um der Einsamkeit zu entgehen und nicht selbst Gegenstand des Tratsches zu werden.

Hermine, mit 86 Jahren die Jüngste, hochgewachsen und dürr, erschien wie immer mit ihren obligatorischen Friedhofsschuhen. Sie waren das einzige Erbe, außer Schulden, die ihr der Ehemann vor 46 Jahren hinterlassen hatte. So alt waren auch ihre Schuhe. Immer noch und immer wieder gut gepflegt, wenn auch etwas aus der Form. Ihr Mann war Inhaber eines Schuhgeschäfts gewesen, der aber offenbar mehr Freude an der Trunk- und Spielsucht gehabt hatte als an seinen geschäftlichen und häuslichen Verpflichtungen. Sein Ableben war eher Erleichterung als Leid gewesen. Hermine war recht anspruchsvoll und kritisch, sodass ihr ein männlicher Neuzugang versagt geblieben war. Nicht zuletzt, weil sie ihre frühere Schönheit doch stark eingebüßt hatte. Aber sie war noch klar im Kopf, mit scharfen Augen, schwachen Knien, im Besitz eines Rollators wie der weltbesten Beerdigungsschuhe. Und sie war die gehässigste unter den TriWis.

Frieda, die Mittlere mit 89 Jahren, war korpulent, bewegte sich wesentlich gebeugter als Hermine, trug ebenfalls standardmäßige Beerdigungskleidung, deren Passform im Lauf der Jahre unglücklicherweise nicht mitgewachsen war. Es war das Kleid, das sie zur Beerdigung ihres Mannes, Gott hab ihn selig, getragen hatte. So ließ sie die seitlichen Knöpfe auf und verbarg dies unter einer schwarzen Jacke, was ihr Gesamtbild nicht wirklich verbesserte. Ihre Augen waren nicht mehr die besten. Sie war auf eine Brille mit extrem dicken Gläsern angewiesen. Zum Ausgleich trug sie auf Beerdigungen immer all ihren Goldschmuck an den Fingern und um den Hals. Alles, was sie hatte. Das war zwar nicht die große Menge, aber immerhin deutlich sichtbar. Ihr Mann war Beamter gewesen, sodass sie nach 30 Jahren Ehe doch eine erkleckliche Witwenpension bekam. Ihr Mann war einfach umgefallen. Tot. Das war ihr egal, denn er war ohnehin nur ein Langweiler gewesen, der ständig bedient werden wollte. Nun hatte sie die Wohnung für sich allein und ein geregeltes Einkommen.

Die dritte und älteste Witwe, nur unter dem Namen „Röschen" bekannt, war die kleinste, die ständig vergaß, ihr Hörgerät einzuschalten oder überhaupt mitzunehmen. Sie zählte mittlerweile 93 Jahre. Ihr Mann war im Krieg gefallen. Und das war gut so. So lange sie nicht verheiratet gewesen waren, war er so lieb, aufmerksam, sanft und nett. Und kaum hatten sie geheiratet, fing er abends im Bett immer mit diesem Schmuddelkram an. Das hatte sie überhaupt nicht leiden können. Finanziell hatte sie sich als Kindergärtnerin über Wasser gehalten. Nicht einfach, aber es ging. Auch sie hatte eine übliche Beerdigungskleidung, nämlich ihren Hut. Dieser Hut, der hatte mal ihrer Großmutter gehört. Ein handgearbeiteter, schwarzer Trachtenhut aus Tirol, der schon unzähligen Generationen von Kleidermotten ein trautes Heim und wohliges Nest geboten hatte. Das konnte man sehen. Aber nur, wenn man direkt von oben auf den Hut sah. Und Röschen war klein.

Die drei standen bereits vor der geöffneten Grube. Die Andacht in der Kapelle hatten sie sich erspart. Endlich kamen die Sargträger, gefolgt von Pastor und Trauergemeinde. Die TriWis standen nun direkt neben dem Pastor, da sie von dort aus den besten Überblick über die Trauernden hatten. Dem Pastor gegenüber stand die Witwe, wohl aus Kummer an einen Mann gelehnt, die Tochter des Verstorbenen, zwei Nachbarn der frischgebackenen Witwe und ein paar Leute, deren Identität nicht sogleich auszumachen war.

Dazu gehörte eine Frau, von Beruf Immobilienmaklerin, die bei Bestattungen immer eine gute Möglichkeit sah, sich Informationen über ein eventuell neu zu vermittelndes Objekt zu besorgen. Starben alte Leute, wurden Wohnungen frei oder Häuser verkauft. Zu viele Kinder, zu viele Erben – das war schlecht. Da musste man immer lang warten, bis die mit ihren Erbstreitigkeiten fertig waren. Da hieß es, Geduld aufzubringen. Mit kennerischem Blick schätzte sie die Trauergemeinde ab. Und etwas sagte ihr, dass es sich lohnen könne, ein wenig zu bleiben. Sie war eben Profi.

Und es gab einen weiteren, eher unbekannten Gast. Einen ausgesprochen gutaussehenden Mann, der gerade von den besten Jahren in seine goldenen geschritten zu sein schien. Er tauchte immer mal wieder bei Beerdigungen auf, und niemand wusste, wer er eigentlich war. Das wäre auch schwierig zu sagen gewesen, da dieser Herr des Öfteren seine Identität wechselte, um den frischen Witwen in geeigneter Form und formvollendet den ersehnten Trost zu spenden. Er konnte gut davon leben. Ein erster, kurzer Blick auf die Witwe, auf den Mann, an den sie sich lehnte, und ihm war klar, zwischen den beiden lief etwas. Da gab es für ihn nichts zu holen. Na dann, beim nächsten Mal eben. Er verdrückte sich.

Der Verstorbene selbst, vielmehr sein Geist, er war ja noch nicht abgeholt worden, stand dicht bei dem Pastor und den TriWis. Sein Engel hinter ihm. Liebevoll betrachtete der Geist des Verstorbenen seine Frau Eva, die ihn zwei Jahre lang liebevoll gepflegt hatte. Wegen des Schlaganfalls hatte er vieles nicht mehr allein bewältigen können. Seine Liebe zu ihr war ungebrochen. Er hieß Kurt.

Der Pastor begann mit seiner Rede: „Der Herr hat unseren lieben Ehemann, Vater und Bruder ..."

Niemand hörte zu.

Hermine: „Sieh dir diese schamlose Person an!"

Frieda: „Wen meinst du?"

Röschen: „Was?" Ihr Hörgerät war nicht eingeschaltet.

Hermine: „Na, die Eva."

Frieda: „Wer?"

Röschen: „Was?"

Hermine: „Jetzt schon! Wo der arme Kurt noch nicht mal beerdigt ist."

Hier muss man einfügen, dass die TriWis die Verstorbenen immer beim Vornamen nannten, um eine gewisse Vertrautheit, wenn nicht sogar ein wenig Intimität herzustellen.

Frieda: „Was ist mit der Eva?"

Hermine, hochnäsig: „Die hat doch mit dem ein Verhältnis."

Röschen: „Was?"

Frieda zu Röschen: „Die Eva hat mit dem Mann an ihrer Seite ein Verhältnis."

Röschen: „Was! Ein Verhältnis."

Frieda: „Wer ist denn der Mann?" Sie konnte ja schlecht auf die andere Seite gehen, um ihn genauer zu betrachten. Dann wüsste sie sofort, wer es war.

Hermine: „Habt ihr das nicht gewusst?

„Schschscht", erklang es von der Seite.

Röschen: „Was?"

Hermine: „Dass die Eva mit dem Kerl seit vier Jahren ein Verhältnis hat."

Frieda: „Wer ist das denn? Warum hast du das nie erzählt?"

Hermine: „Der Klempner. Ich dachte, ihr hättet selbst Augen im Kopf. Und ich bin schließlich kein Tratschweib."

Röschen: „Was?"

„Schschscht!"

Frieda: „Die hat seit vier Jahren ein Verhältnis mit dem? Und der arme Kurt hat es nicht gewusst?"

Hermine: „Anscheinend."

„Schschscht!"

Aber jetzt wusste es Kurt. Er hatte das Gespräch mit angehört. Und war fassungslos. Seine Eva! Seine geliebte Frau! Sie hatte ihn vier Jahre lang betrogen, und er hatte es nicht bemerkt. Das konnte nicht wahr sein, das durfte einfach nicht wahr sein! Seine Eva! Und dann mit diesem Typ. Ausgerechnet diesem Widerling. Was fand sie nur an ihm, was er nicht gehabt haben sollte? Nein, nein und nochmals nein! Das konnte er nicht glauben. Aufgewühlt lauschte er weiter, um mehr Details zu erfahren.

Röschen: „Wie pietätlos die angezogen ist!"

Frieda: „Was?"

Röschen: „Guck doch mal, was für einen tiefen Ausschnitt die hat. Und wie der Mann da immer reinguckt."

Hermine: „Die war schon immer eine Nutte. Das sieht man doch schon an ihren Haaren. Und dann diese Stöckelschuhe. Auf dem Friedhof!"

Frieda: „Wieso? Hatte die früher auch schon Verhältnisse?"

Hermine, kichernd: „Eins? Mindestens drei oder vier."

Röschen: „Was?"

„Schschscht!"

Kurt war außer sich. Der Pastor predigte unverdrossen weiter, auch wenn er mit halbem Ohr ebenfalls den Klatschweibern zuhörte. Hoffentlich kam nicht raus, dass er einmal – war ja schon lange her – mit dieser tollen Frau – na ja, Schnee von gestern.

Eva hielt den Kopf gesenkt, umklammerte den Arm ihres Verhältnisses und presste sich sicherheitshalber ein Taschentuch vor die Augen. Ihre Tochter dagegen hielt ihre Tränen nicht zurück. Sie weinte hemmungslos, da sie eine sehr liebevolle und enge Verbindung zu ihrem Vater gehabt hatte. Sie trauerte aus ganzem Herzen.

Hermine: „Guck mal da."

Frieda: „Was ist?"

Röschen: „Was?"

Hermine: „Da ist doch tatsächlich der Sohn von Kurt aufgetaucht. Das schwarze Schaf."

Röschen: „Was für ein Schaf?"

Frieda, laut: „Da ist das schwarze Schaf. Der Sohn."

„Schschscht!"

Röschen: „Was will der denn hier? Der hat sich doch seit zehn Jahren nicht mehr blicken lassen."

Frieda: „Na, erben eben. Es gibt ja wohl etwas zu holen."

Röschen: „Was will der?"

Frieda, laut: „Der kommt nur, weil es was zu erben gibt."

Das war wohl zu laut, denn das hatten nun wirklich alle gehört. Sämtliche Köpfe drehten sich herum. Da stand ein schlaksiger Mann mit ungepflegtem Bart, zottelig schulterlangen Haaren, abgetragenen Jeans und einem T-Shirt, das zu schäbig war, um als Vintage durchzugehen, die Augen hinter einer Sonnenbrille versteckt.

Die Tochter starrte ihn aus verweinten Augen an und zischte: „Was willst du denn hier?"

Der Pastor leierte etwas leiser als zuvor ein Blablabla herunter, denn das wollte er ja auch gern wissen.

Der Mann: „Ich werde doch wohl bei der Beerdigung meines Vaters dabei sein dürfen."

„Verschwinde, da gibt es nichts zu holen."

„Das werden wir ja sehen", raunte er zurück.

Die Stimme des Pastors wurde wieder lauter. Zu diesem Zeitpunkt traf der Tod in Begleitung von Luzi ein.

Luzi flüsterte: „Jetzt guck mal genau hin. Dann wirst du sehen, was ich meine mit der Trauer und dem Leid." Der Tod sah sich aufmerksam um und bemerkte: „Also ehrlich, ich kann nicht erkennen, dass diese Frau Eva trauert."

„Die doch nicht! Aber die Tochter."

„Hm. Aber ehrlich gesagt, weiß ich nicht, was ich da machen könnte."

„Du vielleicht nicht. Aber was ist mit den Engeln? Ich bin der Meinung, dass die viel zu wenig eingebunden sind. Die müssten meiner Ansicht nach mehr tun. Zum Beispiel mehr strahlen", raunte Luzi, als könne sie jemand hören.

„Hm. Ich weiß nicht. Die sind doch weisungsgebunden", antwortete der Tod.

„Und? Engel und Liebe und Liebe und Engel, das ist doch ziemlich gleich. Und wenn ein Engel seinen Menschen liebt, dann müsste er das doch auch zeigen. Oder was machen die sonst?", flüsterte Luzi.

„Meinem Kenntnisstand nach arbeiten Engel stark an der Terminierung."

„An was? Was soll das denn für ein Quatsch sein?"

„Ja, nun eben, dass sie ihren Menschen Angebote machen, die ihnen dargebrachten Chancen zu nutzen."

„Ha! Dass ich nicht lache. Angebote. Angebote", erboste sich Luzi. „Ich weiß, was ein Engel alles machen kann und der da", er deutete auf den Engel hinter Kurt, „könnte ruhig ein bisschen mehr strahlen."

Sofort wandte er sich an den Engel: „Du, hör mal, Kamerad, könntest du ein bisschen mehr für Kurts Tochter leuchten? Damit sie weiß, dass ihr Vater einen Engel hat. Das würde sie wirklich trösten."

„Meine Liebe gilt Kurt. Und Kurt ist auf dem Weg nach Hause. Das macht mich traurig. Er war ein guter Mensch", entgegnete der Engel.

Luzi verdrehte die Augen. Auf diese Weise ging schon mal gar nichts. Er grübelte.

Währenddessen klopfte der Tod Kurt leicht auf die Schulter.

„Kurt, Kurt, wir müssen gehen."

Kurt starrte ihn an, als wäre der Tod das Absurdeste, was ihm jetzt noch passieren konnte: „Das geht nicht, das geht nicht! Ich muss doch erst wissen, ob meine Eva tatsächlich ein Verhältnis hat. Ich muss das wissen. Ich kann vorher nicht weg. Versteh doch."

„Ich verstehe", meinte der Tod verständnisvoll, „aber das kannst du hier und jetzt nicht klären. Wir müssen gehen."

„Nein", jaulte Kurt, „ich werde sie fragen."

„Kurt", antwortete der Tod, immer noch begütigend, „du kannst sie nicht mehr fragen. Sie kann dich nicht hören."

„Sie muss mich hören, sie muss. Es kann nicht sein, dass sie mich sogar mehrfach betrogen hat." An den Tod gewandt: „Glaubst du, wenn ich diese blauen Pillen genommen hätte, dass es dann anders gekommen wäre?"

Luzi raunte von der Seite: „Dann hättest du zwar länger gekonnt, aber deine miserable Technik wäre die gleiche geblieben."

„Was?"

„Nichts, nichts, ich habe nichts gesagt."

„Ach so, ja, aber ich muss jetzt zu Eva."

„Nein", beharrte der Tod, „wir müssen jetzt gehen."

Da zupfte ihn Luzi am Ärmel. „Warte Gevatter, warte mal einen Moment. Mir fällt was ein. Wenn Kurt weg ist, ist auch der Engel weg. Und den brauchen wir jetzt. Hör zu", sagte er verschwörerisch, „wir werden den Engel zum Strahlen bringen."

„Wie denn?"

„Auf meine Art. Pass auf. Wir machen Folgendes: Wenn ich dir das Kommando gebe, springen wir beide gleichzeitig auf einen Fuß des Engels. Du den rechten, ich den linken. Und glaub mir, der wird so was von strahlen!"

Der Tod sah ihn skeptisch an: „Und was soll das bringen?"

„Na, dass er leuchtet und die Tochter sieht, dass ihr Vater einen Engel hat."

„Also, ich weiß nicht."

„Komm, stell dich nicht so an. Du wirst sehen, es funktioniert fantastisch."

„Ich finde das nicht gut. Aber na ja, meinetwegen. Ich also den rechten Fuß?"

Luzi nickte. Während die beiden neben Kurts Engel Stellung bezogen, jammerte Kurt unentwegt weiter. Dann zwinkerte Luzi dem Tod zu, beide sprangen hoch und ließen sich mit Wucht auf je einen Fuß des Engels fallen.

Der Engel erschrak derart, dass er regelrecht explodierte. Funken, Strahlen, Lichter, stoben aus ihm wie bei einem Silvester-Feuerwerk. Er leuchtete in einem einzigen Lichtermeer. Dann sackte er in sich zusammen und beschloss augenblicklich, vorzeitig diese Stätte zu verlassen.

Luzi triumphierte, der Tod blickte skeptisch auf den davonschleichenden Engel.

Auf der Gegenseite hatte die Tochter gerade in ihre Richtung gesehen und staunend dieses gigantische Lichterspektakel beobachtet. In der Mitte des Lichts konnte sie den Engel erkennen. Sie packte ihre Mutter am Arm und flüsterte: „Mama, Mama, ich habe eben einen Engel gesehen."

Die Mutter tätschelte begütigend die Hand ihrer Tochter und meinte: „Ja, mein Kind, dein Vater ist jetzt bei den Engeln. Und nun beruhige dich wieder."

Der Tod wurde jetzt streng: „Kurt, eben ist dein Engel gegangen. Wir müssen auch gehen."

Kurt winselte und jaulte, und plötzlich schrie er laut: „Dann soll die doch der Blitz treffen."

Wenn eine Seele einen innigen Wunsch hat, wird er meist sofort vom Kosmos erfüllt. Auf der Stelle überzog sich der Himmel mit schwarzen Wolken. Erste dicke

Tropfen fielen, in der Ferne war beginnendes Donner-grollen zu hören.

„Verd ...", konnte der Pastor sich gerade noch be-herrschen und setzte schnell nach: „idipusnoctusdomi-nus", dachte aber bei sich: ‚Ver-dammt, ver-dammt, ver-dammt!' Er war mit Yvonne, seiner Geliebten direkt nach der Bestattung verabredet. Wenn er jetzt aber völlig durchnässt würde, konnte er seiner Frau später schwerlich erzählen, er sei in so nasser Kleidung zu ei-nem Gesprächstermin geeilt.

Den Spruch „idipusnoctus soundso" kannte der Tod nicht. Der war neu. Hatte er schon wieder etwas ver-passt?

Just in dem Augenblick, als der Tod mit Kurt davon wollte, schlug der Blitz ein. Eva hatte sich in dieser Se-kunde aus einem Reflex heraus weggedreht, sodass der Blitz die Maklerin und Kurts Sohn erwischte. Beide wa-ren sofort tot.

Ohne lang zu überlegen, sprang der Tod zu ihnen, hob sie hoch, bevor die zwei überhaupt wussten, wie ihnen geschah, trug sie ins Jenseits – und Kurt gleich mit im Schlepptau.

Ja, heute war ein guter Tag gewesen. Und er würde es jetzt mal mit Aprikosen versuchen, beschloss der Tod.

Überlegungen

Frisch und nahezu frohgemut ging der Tod danach wieder seinem Tagwerk nach. Alles lief besser und reibungsloser als gedacht, sodass er sogar zwei Rückstände hatte aufarbeiten können. Nun eine kleine Pause auf Käthes Berg, mit einer Tüte Aprikosen. Und dann war es Zeit, endlich nach den vier abgängigen Seelen zu suchen.

Das mit den Aprikosen klappte allerdings nicht so gut. Er musste viel zu viel Aprikosenfleisch essen, um an die Kerne zu kommen. Und die waren nun mal nicht so rund, niedlich und flutschig wie Kirschkerne. Das Ausspucken funktionierte überhaupt nicht, Aprikosenkerne plumpsten wie plumpe Säcke zu Boden, an einen eleganten Spuck-Flugbogen wie bei Kirschkernen war mit ihnen nicht zu mal zu denken ...

„Hier!"

Der Tod zuckte erschrocken zusammen. Luzi tauchte mal wieder wie aus dem Nichts neben ihm auf. Und reichte ihm eine Tüte Kirschen.

„Du hast mich jetzt aber wirklich erschreckt!"

„Macht nichts."

„Was machst du hier?"

„Wir müssen reden."

„Aber wir reden doch."

„Nicht so. Ich meine, wir müssen etwas besprechen."

„Aha. Und was?"

Luzi druckste etwas herum und begann: „Gestern habe ich den dritten Kandidaten – wie nennst du das – verbracht."

„Ich bin dir dankbar, dass du mir behilflich warst. Es hat mir wirklich sehr geholfen." Dem Tod war nicht daran gelegen, Details dieser Verbringung zu erfahren. Besser nicht. Manchmal ist es belastungsfreier, nicht alles zu wissen.

„Zwei hab ich noch. Den einen krieg ich heute, nachher noch." Dann schwieg Luzi. Es schien, als wäre es ihm peinlich, fortzufahren.

Der Tod unterbrach das Schweigen. „Also, worüber willst du mit mir reden?"

„Ich habe nachgedacht."

„Und?"

„Tja, das ist nicht so einfach. Ich weiß nicht so recht, wo man anfangen soll."

„Womit anfangen?"

„Unterbrich mich doch nicht dauernd. Ich muss mich konzentrieren."

„Ah ja."

„Also, das ist so: Ich bin ja schon lang unter den Menschen. Und wie ich schon sagte, ich mag sie eben."

Pause. Der Tod schwieg, auch wenn ihn Luzi langsam nervte. Er wollte doch eigentlich nach den Abgängigen suchen.

„Ich denke", fuhr Luzi fort, „du bist mir einen Gefallen schuldig."

Worauf wollte Luzifer hinaus?

Luzi trat von einem Bein auf das andere, knetete seine Hände, strich sich mit der Hand über das Kinn und dann warf er den Kopf nach hinten, als fiele ihm erst jetzt ein, was er sagen wollte. In einem völlig veränderten Ton sprach er dann: „Ich hab mir überlegt, dass es vielleicht am einfachsten wäre, dein Profil zu ändern."

„Mein Profil? Ich kann mich doch in jede Form verwandeln, die ich annehmen möchte. An meinem Profil kann nichts falsch sein."

„Oh Mann, Gevatter, DAS meine ich doch nicht. Ich meine eher dein Image, deinen Ruf."

„Mein Ruf ist untadelig. Ich habe mir nichts – beinahe jedenfalls nichts – zuschulden kommen lassen", schnappte der Tod pikiert.

„Jetzt lass mich doch endlich mal ausreden. Ich meine, dass allein der Ausdruck ‚der Tod' die Menschen erschreckt. Wir sollten einen anderen Namen für dich finden. Vielleicht ‚der Bringer'."

„Luzi, ich mag ja ein bisschen weltfremd sein, aber das hört sich ja doch sehr nach Drogenhändler an."

Luzi nickte nachdenklich. „Oder Hol- und Bring-dienst"?

„Wie bei einer Krankenfahrt?"

„Ne, geht auch nicht. Aber wie wäre es mit ‚Lieferser-vice'?"

Der Tod konterte: „Pizza gefällig?"

„Es muss doch einen Ausdruck geben, der die Men-schen nicht sofort in Angst und Schrecken versetzt, wenn sie das Wort Tod hören."

„Ich bin nun mal kein Escortservice, auch wenn dieser Ausdruck eine etwas positivere Assoziation bewirken würde", grinste der Tod.

„Oder ‚Lichtengel'. Ach nein, das bin ja ich. Hm. Ich sollte wohl auch etwas an meinem Profil arbeiten ..."

Im Stillen dachte der Tod, dass Luzis Arbeitsmethodik besser eine Komplett-Überprüfung brauche. Aber Luzi war schon so lang unter den Menschen, dass er wirklich sehr vermenschlicht war. Ob man das wieder aus ihm rauskriegen könnte, sodass er wieder mehr seinem ur-sprünglichen Bild des Lichtengels ähneln würde?

„Mir war noch eingefallen, dass ‚der Heimkehrer' o-der ‚Verbringer' oder ‚Lichtbote' Möglichkeiten wä-ren."

„Hm, Heimkehrer hört sich nach Krieg an, Verbringer nach kriminellen Machenschaften wie Kidnapping. Aber Lichtbote würde mir gefallen."

„Also dann: Lichtbote."

„Hm. Ja. Damit kann ich umgehen."

„Jetzt weiß ich nur noch nicht, wie wir in die Köpfe der Menschen reinkriegen, dass der Tod ein Lichtbote ist."

„War es das?", fragte der Tod, der frisch ernannte Lichtbote.

„Was?"

„Was du mit mir besprechen wolltest."

„Nein, nein, das war ja nur der Anfang."

Der Lichtbote-Tod stöhnte innerlich auf. Das würde nichts mehr werden, jetzt noch nach den Abgängen zu suchen.

„Was gibt es denn noch zu bereden?"

Zur Überraschung des Lichtboten-Todes änderte sich mit einem Mal Luzis Ton drastisch. Seine Stimme wurde weich und sanft. „Eigentlich wollte ich ja etwas ganz anderes sagen. Ich bräuchte ... ähm ... Unterstützung, weißt du. Damals, du weißt schon, als ich auf die Erde kam, da war ich noch der Engel des Lichts, wie ja auch mein Name sagt. Auf der einen Seite war es mir eine Ehre, aber andererseits habe ich sehr darunter gelitten, von den oberen Sphären wegzugehen. Es war nicht leicht, wirklich nicht. Ich weiß, was Schmerz, Verlust und Trauer sind, wie sie sich anfühlen. Engel wissen das nicht. Ist ein Mensch traurig, ist auch der Engel traurig. Ist ein Mensch glücklich, ist auch der Engel glücklich.

Hm. Nur Menschen und Lebewesen von der Erde können Schmerz fühlen. Und ich denke, dass niemand mit Schmerz oder Trauer allein bleiben sollte. Es erinnert mich immer so an meine Zeit damals. Und da möchte ich gern etwas ändern. Ich meine, dass man den Menschen dabei mehr Hilfe zukommen lassen sollte. Aber wie? Allein schaffe ich das nicht. Die Menschen sind größtenteils Ich-Bezogener geworden, also nicht mehr so für einander da. So wie früher. Es müsste doch eine Möglichkeit geben, dass sie wieder näher zusammenrücken, mehr für einander da sind und nicht mehr die Augen vor den anderen verschließen. Du hast ja keine Ahnung, wie lang ich schon darüber nachdenke!"

Der Lichtbote-Tod wusste darauf nichts zu sagen, denn auch er hatte diesen Schmerz noch nicht erlebt. Zwar verfügte er über Erfahrungswerte mit menschlichen Emotionen, gefühlt hatte er sie bisher aber noch nie. Außer ein wenig – wenn er es recht bedachte – beim Abschied von Käthe. Da war etwas in ihm, was er bisher nicht gekannt hatte. Es war mehr als nur Bedauern gewesen. Er wartete geduldig auf das, was Luzi weiter zu sagen hatte.

„Und weißt du was? Dieser Schmerz hat mich zornig gemacht. Ich bereute oft, dass ich zur Erde gekommen war. Und dann traf ich Menschen, deren Herz so groß und rein war, dass ich mich beruhigen konnte. Bin wohl doch recht menschlich geworden."

Schweigen.

Im alten, viel vertrauterem Ton redete Luzi schließlich weiter: „Hör mal, alter Knabe, wenn man mit den Engeln nicht so viel machen kann, dann gäbe es eine andere Möglichkeit. Weißt du, ich hatte mir überlegt, den Engeln zu sagen, wenn sie gut trösten, dürfen sie zum Erzengel. Dann würden sie jedenfalls mal kurz strahlen. Aber langfristig gesehen, ist das keine Lösung. Also muss eine andere Idee her. Du hast doch da die vier Abgängigen."

Der Lichtbote-Tod zuckte zusammen. Woher wusste Luzi davon?

Luzi blickte ihn pfiffig von der Seite her an. „Komm, iss Kirschen, das beruhigt dich. Du dachtest wohl, ich weiß nichts davon, was? Aber ich habe meine Augen und Ohren überall. Ich weiß alles."

Es war nur Luzifer gegeben, so weit über unendlich lange Distanzen zu sehen, um Ecken herum, gleichzeitig in alle Richtungen und in die Herzen der Menschen.

Da sprang Luzi plötzlich auf: „Siehst du das? Siehst du das? Bleib hier, ich komm gleich wieder, ich muss nur schnell etwas erledigen. Was ist eigentlich da unten los?"

„Ein Gipfeltreffen. Da treffen sich die Eliten von Wirtschaft und Politik aus allen Ländern der Welt. "

Und während er aufsprang, schrie Luzi auch schon: „Du Ausgeburt des Teufels, du intrigantes Schwein, du Lügner, die korrupter Schleimscheißer, dich krieg ich! Dich krieg ich!

Und dann war er auch schon verschwunden. Der Lichtbote hörte noch die Worte: „Es ist eine Beleidigung für Menschen und jedes Lebewesen, dass du dich jemals Mensch genannt hast. Du bist der übelste Satansbraten, der jemals auf der Erde unterwegs war. Dich krieg ich jetzt. Dich mach ich so klein, dass du nie wieder menschliche Gestalt annehmen kannst!"

Es dauerte nicht lange, bis Luzi noch völlig außer sich wieder auf Käthes Berg erschien: „So, vor dem hat die Erde erst mal Ruhe. Stell dir vor, der Teufel wollte ihn mir tatsächlich streitig machen. Es wäre sein Sohn, hat er behauptet. Dass ich nicht lache!"

„Luzi", sagte der Lichtbote leise, „das ist er wohl auch gewesen."

„Waas?"

„Auf der Erde leben nicht nur Menschen. Es gibt auch Hybride und andere Mischwesen. Die meisten von ihnen haben auch eine Seele. Auch sie haben das Recht, ins Jenseits zu kommen."

Luzi winkte ab. „Ich hab ihn erst mal in eine Nichts-Blase gepackt. Wenn du meinst, dann kannst du ihn da ja irgendwann mal wieder rausholen."

Der Lichtbote-Tod nickte und sagte leise: „Das werde ich tun."

„So, wo waren wir stehen geblieben?"

„Bei den Engeln."

„Du lenkst ab, mein Freund. Wir hatten gerade über deine Abgängigen gesprochen."

Der Lichtbote schwieg verlegen.

„Sag mal, ich bin noch nicht so ganz dahintergekommen. Wie oft passiert das eigentlich? Ich weiß, dass einige Seelen nicht gleich ins Jenseits gebracht werden, sondern noch ein wenig hierbleiben. Erklär mir das mal", forderte Luzi.

Der Lichtbote wand sich ein wenig. Es war ihm peinlich. Doch dann sagte er, das Thema Abgänge vermeidend: „Es kommt vor, dass Seelen sich einfach nicht abholen lassen. Meistens, wenn sie ein schreckliches Erlebnis vor ihrem Sterben hatten. Ein Unfall zum Beispiel. Dann meinen sie, dass sie noch etwas auf der Erde erledigen könnten oder weil sie noch nicht begriffen haben, dass sie tot sind, oder wenn sie ihre Lieben auf der Erde noch trösten wollen. Sie verbleiben dann oft noch eine Weile in der Zwischenwelt."

„Ja! Das ist es. Die Verstorbenen trösten ihre Lieben. Genau da will ich hin, verstehste!"

„Nicht ganz."

„Man könnte doch die Verstorbenen alle noch ein wenig in der Zwischenwelt lassen, damit sie die Zurückgebliebenen trösten können."

Endlich glaubte der frisch ernannte Lichtbote, punkten zu können, und gab zu bedenken: „Mein lieber Luzi, ich denke, du kennst die Menschen. Dann solltest du auch wissen, dass nicht alle gleich sind und nicht alles gleich ist. Es gibt Seelen, die entschlossen sind, sofort ins Jenseits zu gehen. Und es gibt Menschen, die nicht trauern, wenn eine Seele gegangen ist."

„Jajaja, weiß ich ja. Aber genau darum geht es doch. Da ist ein Mensch, dem jemand gegangen ist. Und er trauert. Und der, der gegangen ist, kümmert sich nicht darum. Und dann gibt es die, die nicht trauern, aber der Verstorbene trauert trotzdem. Hab ich das so einigermaßen verstanden?"

„In etwa."

„Gut. Dann bleiben also die übrig, die hier auf der Erde trauern, und keiner ist da."

„Das könnte man grob so sagen."

„Siehste, und da hab ich ne Idee."

„Welche?"

„Wie wäre es, wenn wir Abgängige und irgendwelche Dauerverweiler in der Zwischenwelt als Praktikanten einsetzen?"

„Wie bitte?"

„Jetzt stell dich nicht dümmer, als du bist! Du hast genau verstanden."

„Nein! Nein! Das glaube ich nicht, was du da sagst."

„Och komm, jetzt überleg doch mal! Damit wäre doch allen gedient."

„Und wie stellst du dir das vor?", lenkte der Lichtbote ein.

„Ja sicher, ich weiß, da muss man sorgfältig aussuchen, wer mit wem zusammenpasst."

Dem Lichtboten schwante nichts Gutes.

„Also, ich stelle mir vor", fuhr Luzi fort, „dass zum Beispiel dieser Nils", – der Lichtbote zuckte unwillkürlich zusammen -, „der könnte gerade jetzt zu der Tochter von Kurt und sie mit Liebesenergie einhüllen. Und der Gottlieb geht zu der alten Frau, deren Mann du morgen abholst und begleitest."

Der Lichtbote-Tod schüttelte nachdenklich den Kopf. Schnell überschlug er in Gedanken, ob dies gegen irgendwelche Verordnungen verstoßen würde, fand aber nichts Derartiges.

„Jetzt komm schon. Denk nicht so lang drüber nach. Ich kann ja schon mal die vier Praktikanten holen."

„Du weißt, wo sie sind?"

„Natürlich. Ich weiß alles. Hab überall meine Augen und Ohren, sagte ich ja schon."

Er wartete Lichtbote-Tods Antwort nicht ab, sondern verschwand augenblicklich.

Test, Test, Test

Luzi überlegte sich gut, wie er sich den vier abgängigen Seelen nähern und vorstellen sollte. Er entschied sich für einen casual look: weißes T-Shirt, schwarze Jeans, weiße Sneakers. Um sich aber doch ein bisschen den Nimbus eines göttlichen Boten zu verleihen, hängte er sich spontan noch einen weißen Umhang um. Das müsste gehen. In seiner üblichen Eile vergaß er jedoch die Überlegung, wie er sich ihnen am besten vorstellen könnte ...

Er fand die vier sofort. Sie standen enttäuscht in der Todeskurve der Rennstrecke von Le Mans. Es hatte weder einen schweren Unfall noch einen Toten gegeben. Der Tod war nicht gekommen.

„Männer", sagte Edeltraut, „das war nichts. Die Idee war zwar nicht schlecht, aber ..." Sie beendete den Satz nicht.

Alle sahen bedrückt zu Boden.

Gottlieb hatte eine weitere Idee: „Wir könnten einfach die Autobahn entlang gehen. Da passiert doch immer etwas. Mit Toten, meine ich."

Und ausgerechnet Fritz, der Spanner-Fritz, sagte: „Ich habe das Gefühl, wir sollten hier warten."

Drei erstaunte Augenpaare blickten ihn an.

„Sie haben ein Gefühl?", fragte Edeltraut.

Nils fragte eher uninteressiert: „Was fühlst du denn?"

Gottlieb: „Wenn Sie die Freundlichkeit hätten, dies näher zu erklären."

Fritz wand sich ein bisschen: „Ich weiß nicht, ich kann es nicht erklären. Aber irgendwas sagt mir, dass wir hier warten sollen."

Edeltraut schnappte: „Gut, gut. Wenn wir fühlen, dass wir warten sollen, warten wir eben. Hat der Herr denn schon eine Idee, wie lang wir hier warten sollen?"

Fritz schwieg gekränkt.

Nils nutzte die Gelegenheit sofort: „Wenn wir hier schon warten müssen, dann kann ich auch schnell noch mal bei der Blumenfrau vorbei sehen." Sagte es und verschwand.

Die anderen drei standen nun da und warteten eben. Gottlieb fummelte an seiner ewig rutschenden Hose herum. Vielleicht fände er doch noch eine Möglichkeit, sie nicht ständig festhalten zu müssen. Er übte sich an einem Knoten. Fritz blickte ständig in alle Himmelsrichtungen, und Edeltraut lief nervös hin und her.

Fritz sah es als Erster: Ein weißes Laken flatterte auf sie zu und kam direkt vor ihnen zum Halt.

„Hi", sagte Luzi, „ich komme euch abholen."

Missmutig blickte Edeltraut an ihm rauf und runter. „Könnten Sie uns vielleicht darüber aufklären, wer Sie sind und was Sie von uns wollen?"

Ups. Ein Name, ein Name musste her. Und Luzi fiel wirklich nichts Besseres ein als: „Ich bin Otto. Der Gehilfe des Lichtboten", stolz, den neuen Namen des Todes nennen zu können.

Edeltraut argwöhnte: „Hören Sie mal, Sie kommen mir eher vor wie eine schlechte Witzfigur. Bestenfalls wie Batman."

Das hatte gesessen!

Luzi dagegen schlug sich glücklich die Hand vor den Kopf: Batman! Das war es. Das war der richtige Ausdruck für den Tod. Ja, ja und nochmals ja! Das würde er ihm sofort nach Beendigung seiner Mission vorschlagen. Dann wurde er schnell wieder ernst: „Frau Edeltraut, diese Bekleidung habe ich nur gewählt, um Sie nicht zu erschrecken."

„Sollen wir etwa darüber lachen? Dann sollten Sie das uns besser vorher sagen!", giftete Edeltraut.

„Madam, ..."

Luzi wurde von Gottlieb unterbrochen: „Edelgart mag es nicht, mit Madam angesprochen zu werden. Das ist doch so, Madam, nicht wahr?"

Unwillig schüttelte Edeltraut den Kopf.

Luzi versuchte, die Situation zu retten: „Edelgart, ähm, Pardon, Edeltraut, es ist nicht so, wie es aussieht. Der Lichtbote, den Sie vermutlich besser unter dem Namen ‚Tod' kennen, hat mich gebeten, Sie abzuholen, da er momentan verhindert ist. Sie verstehen?"

„Nein", kam aus drei Mündern gleichzeitig.

Unablässig wurde Luzi seit seiner Ankunft von Edeltraut gemustert. Dann sagte sie widerstrebend: „Das Einzige, was für Ihre Aussage spricht, ist die Tatsache, dass Sie uns offenbar sehen können. Und Gottlieb weiß, dass auch herumirrende Geister uns sehen können."

Irgendwie gestaltete sich diese Aktion schwieriger als gedacht ... Luzi nahm einen neuen Anlauf: „Ma ... eine liebe Edeltraut, Sie haben wohl keine andere Wahl, als mir zu vertrauen. Ich kenne Ihre Wünsche und weiß, dass Sie hier auf den Lichtboten warten."

Fritz: „Seht ihr? Ich habe es doch gesagt. Ich habe es gewusst."

Edeltraut war immer noch nicht überzeugt. „Und dann? Warum holt er uns nicht selbst ab?"

„Wie ich schon sagte, ..."

Edeltraut winkte ab. „Sie können uns nicht zwingen, Ihnen zu folgen."

Luzi wurde langsam ungeduldig. „Der Lichtbote würde gern etwas mit Ihnen besprechen. Er würde gern Ihre Hilfe in einer besonderen Mission in Anspruch nehmen."

Gottlieb staunte ziemlich: „Derartiges habe ich noch nie gehört!"

Luzi beeilte sich zu sagen: „Es ist auch neu. Ein Test sozusagen, der keinesfalls zu Ihrem Schaden oder Nachteil ist."

Edeltraut wurde neugierig: „Und was soll das sein?"

„Nun, es gehört sich nicht, dass ich dem Lichtboten vorgreife, aber im Vertrauen, so viel kann ich Ihnen ja schon mal verraten: Wir brauchen Seelen, die anderen in deren Not beistehen."

Fritz: „Wie soll das denn gehen?!"

„Sie alle würden eine Art Einweisung erhalten. Wenn Sie sich einer Sache jedoch nicht gewachsen fühlen sollten, können Sie jederzeit von dieser Tätigkeit zurücktreten, ohne dass es Ihnen zum Nachteil wäre."

Nun endlich war Edeltrauts Interesse geweckt. Das klang spannend. Sie war auf jeden Fall dabei. Das sagte sie dann auch.

Auch Gottlieb erklärte sich dazu bereit – allerdings erst, nachdem ihm Edeltraut mehrmals in den Arm gekniffen hatte.

Fritz gab zu bedenken: „Aber Nils muss auch mit! Der will doch Busfahrer werden."

„Wo ist eigentlich Nils?", fragte Luzi, fuhr dann aber fort: „Ach ja, der ist bei seiner neuen Liebe. Ich hole ihn eben. Bleiben Sie bitte hier."

Wie eine geplatzte Seifenblase war Luzi verschwunden und kehrte augenblicklich mit einem protestierenden Nils zurück.

Als Ausdruck seiner göttlichen Mission flog Luzi mit den vier neu erworbenen Praktikanten zum Lichtboten. Die Überbringung von dessen neuem Namen – Batman! – musste leider noch einen Augenblick warten.

Der Lichtbote-Tod wollte auf keinen Fall, dass die Unterredung mit den Kandidaten auf Käthes Berg stattfand. Also wurde in Anbetracht ihrer Vorliebe für Wasser das Gespräch, quasi die Kurzeinweisung, an einen herrlichen See in den Alpen verlegt. Dort sollten sie dem Herrn Lichtboten endlich vorgestellt werden.

Natürlich war der Lichtbote-Tod Luzi vorhin nachgeschlichen. Das fand er zwar unwürdig, aber die Neugier zwang ihn dazu. In erster Linie hatte ihn bei Luzis Vorgehen erstaunt, dass dieser durchaus freundlich sein konnte und sich Mühe in der Diplomatie gegeben hatte. Sieh an!

Die fünf erreichten den See und trafen auf den Lichtboten-Tod. Auf ausdrücklichen Wunsch von Luzi hatte er sich sogar wirklich ein silbernes Cape umgehängt. Dem Tod ging das alles allmählich auf das Gemüt. Er wollte seiner Arbeit wieder auf gewohnte Weise nachgehen, Luzis ewige Sperenzchen wurden ihm langsam lästig. Aber er war Luzi etwas schuldig, und Schulden waren bekanntlichermaßen Ehrenschulden. Da musste er nun eben durch.

Luzi stellte den vieren den Lichtboten-Tod vor, der zudem ernst und streng blicken sollte, so hatten sie es vereinbart. Was er auch tat.

Edeltraut, noch immer ein wenig skeptisch, war sichtlich beeindruckt von dieser würdevollen Gestalt. Sie hauchte: „Hallo, guten Tag, du Lichtbote."

Die anderen nickten dem Tod nur eingeschüchtert zu.

Luzi ergriff das Wort. „Wie ihr ja wisst – wir duzen uns übrigens hier auf dieser Ebene immer –, gibt es sowohl bei den Verstorbenen und wie bei Hinterbliebenen viel Leid. Sie brauchen Trost. Meistens ist niemand da, der sie trösten kann. Oder will. Jetzt kommt ihr ins Spiel. Das ist deshalb notwendig, weil wir ein paar Verbesserungen einführen möchten. Niemand soll mehr wegen eines Ablebens ungetröstet bleiben müssen. So weit verstanden?"

Die vier nickten.

„Gut. Unser Plan ist jetzt also Folgender: Ihr werdet alle jeweils zu jemandem geschickt, der Trost braucht. Und tröstet. Klar?"

Alle nickten.

„Ja", sagte Luzi, „dann machen wir das so." Damit war für ihn die Einweisung beendet. Aus seiner Sicht war alles gesagt. Nach einer kurzen Schockpause sprachen alle durcheinander. Es waren Worte zu hören wie: „wie denn, Busfahrer, kann ich, wenn aber ..." Eben unsinniges Zeug. Dachte Luzifer.

Edeltraut war die Erste, die an den Ort eines Geschehens geschickt wurde. Ihrer Sehnsucht nach dem Meer entsprechend, nahm sie an einer Seebestattung teil. Sie hatte keine Ahnung, wen sie eigentlich trösten sollte, aber das wurde ihr dann doch sehr schnell klar. Es war der Verstorbene selbst. Hans-Dieter. Hans-Dieter tobte um das Schiff herum wie ein Kobold. Er ärgerte sich unsäglich, dass dieses Weibsstück von Ehefrau – beziehungsweise Witwe – nun mit seinem Geld tun und machen konnte, was sie wollte. Und das tat sie gern und reichlich, wie ihrer Kleidung bereits unschwer anzusehen war. Die Beisetzungszeugen, denn die trauerten so wenig wie die Witwe, wollten nur anwesend sein, um seiner Entsorgung beizuwohnen. Anschließend gedachten sie, sich als dessen Freunde von seinem Geld ein gutes Leben zu machen. Hätte er doch nur ein paar Viagra weniger genommen! Dann wäre er jetzt nicht hier. Diese elendige Schlampe! Damit meinte er sowohl das Flittchen, mit dem er nur ein wenig Spaß hatte haben wollen, als auch seine Frau, dieses Miststück.

Der Bestatter hatte sich große Mühe gegeben, die besonders schön dekorierte Jacht feierlich herzurichten. Bei den Gästen handelte es sich schließlich um sehr bekannte Persönlichkeiten aus dem Show-Business und aus der Musikszene. Ein Pastor war mit an Bord, dessen

Worte vom Wind fortgetragen wurden, was niemand bedauerte.

Hans-Dieter wütete. Wäre er nicht schon tot gewesen, hätte er spätestens jetzt einen Herzinfarkt bekommen.

Edeltraut näherte sich ihm langsam. Sie stupste ihn an, doch Hans-Dieter reagierte überhaupt nicht. Dann packe sie ihn am Arm. Den wollte Hans-Dieter unwirsch wegschieben, er schrie sie an: „Bist du auch eine von diesen Schlampen?" Das ging Edeltraut nun doch zu weit. Sie schrie zurück: „Jetzt benimm dich mal! Und beruhige dich. So kannst du doch sowieso nichts machen."

Ihre Worte schienen Wirkung zu zeigen. Hans-Dieter hörte auf zu schreien: „Wer bist du?"

„Ich bin Edeltraut. Ich kann deinen Ärger verstehen. Mir geht es ganz genau so mit meinem Sohn."

„Ach!"

„Ja, dieser Taugenichts hat noch nie was zustande gebracht und lebt wie eine Made im Speck von meinem Geld. Aber jetzt pass auf! Gleich werden sie die Asche ins Meer werfen. Die tricksen wir aus!"

Genau in dem Moment, als die Witwe mit dicker Sonnenbrille zur Verdeckung ihrer Nicht-Tränen die erste Handvoll Asche ins Meer werfen wollte, drehte sich der Wind. Eine starke Brise blies die Asche der Witwe und allen Vernichtungszeugen kräftig ins Gesicht, in Augen, Haare und Bekleidung. Um das Fiasko komplett zu machen, kippte der Witwe auch noch die Urne um, Asche fiel auf die Schiffsplanken und wurde gleichmäßig auf alle Anwesenden verteilt. In der See landete so gut wie nichts.

Die Zeugen liefen sofort angewidert auf die andere Seite der Jacht, um sich zu säubern, und die Witwe grinste ihnen hämisch nach.

Hans-Dieter und Edeltraut waren mit dem Ergebnis mehr als zufrieden. So langsam konnte Hans-Dieter ihr jetzt in Ruhe von seinem Ärger erzählen. Davon, wie sein mieses Weibsstück ihn belogen und betrogen, ihn regelmäßig hintergangen hatte, und dass er ihr durchaus zutrauen würde, seinem Ableben nachgeholfen zu haben.

Edeltraut hörte zu und erzürnte sich. Ihr Zorn wuchs. Ihre Wut wurde größer und größer, weil sie dabei unentwegt an ihren Sohn denken musste. Und dann war sie derart zornig, dass sie augenblicklich davoneilte, um ihrem Sohn in ihrem ehemaligen Zuhause einen Besuch abzustatten.

Es war später Vormittag. Edeltrauts Sohn lag noch im Bett, wie zu erwarten gewesen war.

„Hallo, mein Söhnchen, hier ist deine Mama", flüsterte sie ihm ins Ohr.

Der Sohn schreckte hoch. Er glaubte tatsächlich, die Stimme seiner Mutter gehört zu haben! So ein Blödsinn! Die war doch tot und mittlerweile begraben.

Für Edeltraut war klar, dass sie keine Gegenstände bewegen konnte. Aber sie hatte schnell gelernt, dass sie den Menschen ihre Sinne vernebeln und Gedanken in ihre Köpfe setzen konnte. Und genau das tat sie jetzt.

Ihr Sohn stand auf, fand oder besser: sah seine Hausschuhe nicht. Das Wasser der Dusche war zu heiß eingestellt, dann rutschte er auch noch aus. Die Haushälterin kam gerade ins Zimmer, als er onanierte. Er verbrannte sich am Kaffee die Zunge, fand seine Autoschlüssel nicht, entdeckte nirgends seine Kreditkarten und übersah den Hausschlüssel, der direkt vor seiner Nase lag. Und dann trat er noch auf seine Brille. Und bei alldem hatte er ständig die Stimme seiner Mutter im Ohr, die gehässig lachte und sagte: „du Looser, du Nichtsnutz, du Versager, du Schmarotzer!"

Jetzt reichte es dem Sohn. Er musste so schnell wie möglich dem Haus entfliehen. Sein Ferrari war noch in der Werkstatt, deshalb nahm er den Mercedes, übersah den Gartenpfosten, der seit Ewigkeiten dort stand, fuhr bei Rot über die erste Ampel und wurde geblitzt. Schließlich erreichte er den kleinen, privaten Flughafen. Er wollte mit einem Privatjet zu seinen Freunden nach München fliegen. Und endlich klappte mal was an diesem verdammten Tag: Es gäbe noch einen Sitzplatz in der Maschine, die in einer Stunde losfliegen würde, wurde ihm gesagt. Der Sohn hielt sich in der kleinen Halle auf, als ein Polizist mit seinem Drogensuchhund gerade seine Schicht abschließen wollte und an ihm vorbei ging. Der Hund schlug sofort an. Er war schließlich darauf trainiert, Koks zu erschnüffeln. Der Sohn konnte sich danach einige Stunden in einem abgeschlossenen Raum Gedanken über sein Leben machen.

Edeltraut war weiterhin in Rage, wollte fortfahren, ihren Sohn zu malträtieren, als Luzi zu ihr kam: „Edelgartraut, es reicht jetzt", sagte er sanft.

Aber sie hörte ihn nicht.

„Edelgartraut, es ist genug. Es reicht. Hör jetzt auf!"

Da drehte sie sich zu ihm um. „Otto, das hätte ich schon viel früher mal machen sollen. Bin ich so ein schlechter Mensch gewesen, dass ich einen solchen Sohn großgezogen habe?"

Luzi nahm sie in die Arme und wiegte sie hin und her. Er streichelte über ihren Rücken und tätschelte sie beruhigend. Sie schluchzte.

„Lass all die Tränen raus, Edeltrautgart, lass alles raus, was du in deinem Leben nicht geweint hast. Es ist gut so." Und hielt sie weiter in seinen Armen.

Sie blickte ihn zögernd an: „Sag, war ich so eine schlechte Mutter?"

„Nein, überhaupt nicht. Nur ist er eben ein schwacher Mensch. Und du bist so stark."

„Meinst du das wirklich?"

„Ja, aber du wirst es bald genauer wissen. Komm, wir gehen jetzt."

Sie gingen. Edeltraut drehte sich noch einmal zu der zusammen gesunkenen Gestalt, die im Arrest-Raum hockte, um. „Armer Junge", sagte sie leise.

Für Nils war die Betreuung von Kurts Tochter vorgesehen. Nils freute sich riesig über seine Aufgabe, denn er hatte sich schon immer danach gesehnt, eine schöne Frau verwöhnen zu können. Und Nils gab alles.

Durch die Vorkommnisse auf dem Friedhof war der Ablauf der Feierlichkeit durcheinandergeraten. Vor allem durch den wolkenbruchartigen Regenguss. Die vom Blitz getroffenen Toten lagen noch vor dem Grab, und keiner war auf den Gedanken gekommen, sie abzudecken. Ein wirklich trostloses Bild.

Die Trauergemeinde hatte sich im Lokal ‚Zur Letzten Träne' eingefunden, um dem Regenguss zu entgehen. Der Pastor war zwangsläufig nach Hause gegangen. Den TriWis kam es sehr zupass, dass durch den Schock der Ereignisse niemand an all den schönen Häppchen interessiert war und sie sich ungeniert bedienen konnten. Ihre mitgebrachten Plastikdosen wurden aus den Handtaschen geholt und bis zum Rand gefüllt.

Kurts Tochter stand am Fenster und blickte in den Regen hinaus. Da kam Nils. Mit seinem großen Herzen verliebte er sich sofort in die Tochter und begab sich an seine neue Arbeit. Er umschmeichelte, streichelte, umhüllte sie, kroch fast in sie hinein, pustete in ihre Tränen. Der Tochter wurde mit einem Mal warm. Ihr Herz füllte sich mit Liebe. Es fand Trost. Und die Wärme breitete sich aus. Die Wärme wurde zu Hitze. Und die Hitze wanderte durch ihren ganzen Körper, bis sie schließlich in ihrem Schritt zum Halt kam. Die Tochter schien irritiert zu sein. Ihr Gesicht nahm eine gesunde Farbe an. Sie sah sich nach ihrem Freund um, gab ihm ein Zeichen, ihr zu folgen. Beide verschwanden in einer Abstellkammer.

Die TriWis hörten sie laut schluchzen. Zumindest hielten sie die Geräusche aus der Besenkammer dafür, denn von sich selbst kannten sie solche Töne nicht.

Und alles war gut. Nils hatte einen guten Job gemacht. Luzi holte ihn ab und gratulierte ihm zu seiner hervorragenden Arbeit.

Der Lichtbote-Tod als heimlicher Beobachter schüttelte nur still den Kopf.

Nun war Gottlieb an der Reihe. Sein Einsatzmensch war die alte Dame in den 90ern, deren Mann soeben gestorben war. Der Geist ihres Mannes, Friedrich, weilte noch bei seiner geliebten Frau. Viele Jahre davor hatte er in sehr schlechter gesundheitlicher Verfassung verbracht und sehnte sich danach, von der Erde wegzukommen. Aber seine Liebe und das Pflichtgefühl seiner Frau gegenüber ließen ihn noch verweilen.

Als Luzi mit Gottlieb eintraf, sagte Luzi zu Friedrich: „Friedrich, wenn es dich danach verlangt zu gehen, dann kannst du das tun. Der Lichtbote wird dich gleich abholen. Wir kümmern uns dann um deine Frau."

„Stimmt das?", fragte Friedrich unsicher.

„Versprochen."

„Gut. Dann geh ich schon mal vor. Aber ihr bringt mir meine Frau nach, ja? Ist das in Ordnung?"

„Ja. So machen wir das."

Der Lichtbote-Tod erschien, verbreitete warmes Licht und führte Friedrich mit sich.

Gottlieb näherte sich der Greisin. Sie spürte seine Nähe: „Bist du das, Friedrich?"

Darauf war Gottlieb nicht vorbereitet, aber er sollte trösten und war nicht der Wahrheit verpflichtet.

„Ja, meine Liebe, ich bin es."

„Schön. Komm, setz dich zu mir."

Gottlieb betrachtete die Greisin. Sie war so klein, so zart, wirkte unendlich zerbrechlich. Wie sollte sie ohne ihren Friedrich leben können? Er sah sich in der Wohnung um. Die wirkte, als habe die alte Frau mit ihrem Mann ein Leben lang hier gewohnt. Alle Möbel waren verschlissen und abgewetzt, in einem hoffnungslos maroden und desolaten Zustand. Die Tapeten vergilbt und teilweise eingerissen, angeschlagenes Geschirr überall und ein paar alte vergilbte Fotos an den Wänden. Sie zeigten nur das Ehepaar in jungen Jahren. Keine Kinder.

Gottlieb überlegte, was aus der alten Dame, diesem Vögelchen, nun werden würde. Wie sollte sie weiterleben? Wer kümmerte sich um sie? Wer erledigte all den Papierkram? Hatte sie überhaupt Geld für die Beerdigung? Gottlieb beugte sich zu dem Vögelchen, streichelte sanft ihre Wangen und hauchte einen Kuss auf ihre Stirn. Er war ernsthaft in Sorge um sie. Schließlich sagte er: „Meine Liebe, was hältst du davon, wenn wir etwas essen?"

„Ja, ich mache uns ein Brot."

Mühsam stand sie auf, schlurfte mit wackeligen Trippelschrittchen zum Küchenschrank, der mindestens einen Krieg überlebt hatte, zog mit ihren knochigen, zittrigen Händen eine klemmende Schublade heraus, ergriff ein angerostetes Messer, und bestrich kraftlos eine Scheibe leicht angeschimmelten Brots mit ranziger Margarine. Sie legte alles auf einen Teller und stellte es auf den Tisch.

„Ist es so recht, Friedrich?"

„Ja, meine Liebe. Ich danke dir. Aber wir sollten auch etwas trinken."

„Ja." Sie stand wieder schwerfällig auf, holte ein altes Senfglas aus einem Schrank, dessen Tür nur noch an einer Angel hing und füllte es mit Leitungswasser. Das Wasser aus dem Hahn lief in einem unablässigen Rinnsal und schien sich nicht mehr regulieren zu lassen.

Gottlieb standen die Tränen in den Augen. Ein Mitgefühl nie gekannter Art ergriff ihn.

„Komm, meine Liebe, lass uns ins Bett legen. Wir sollten schlafen gehen."

„Ja, Friedrich, das machen wir."

Die alte Frau bewegte sich langsam ins Schlafzimmer. Sie schien noch nicht begriffen zu haben, dass ihr Mann tot war. Dessen Körper lag im Bett, bereits erkaltet, ordentlich zugedeckt, die Augen noch geöffnet.

Gottlieb wartete, bis sie angezogen im Bett lag. Er konnte sie nicht ihrem Schicksal überlassen. Der Gedanke, dass sie in ein Pflegeheim käme, verloren und vereinsamt, war ihm unerträglich. Er konnte einfach nicht tatenlos zusehen. Er musste etwas tun. Mit Trösten allein war diesem hilflosen Vögelchen nicht geholfen. Aber was sollte er tun? Er setzte sich auf ihre Bettkante, streichelte ihre Hand und dachte nach. Sie flüsterte heiser: „Schlaf gut, Friedrich."

„Schlaf auch du gut, meine Liebe", sagte Gottlieb.

Und als er sah, dass sie schlief, legte er seine Hand über ihre Nase. So lang, bis sie nicht mehr atmete. Gottlieb weinte, auch wenn er eigentlich gar keine Tränen mehr hatte.

Luzi kam, nahm ihn schweigend am Arm und führte ihn sanft weg.

„Bin ich jetzt ein Mörder?", fragte er Otto-Luzifer.

„Nein, Gottlieb. Du konntest deinem großen Herzen nicht widerstehen. Es ist gut so. Es ist gut."

Luzi nutzte die kurze Pause, um Lichtbote-Tod seinen neuen Namensvorschlag zu unterbreiten: „He, Gevatter, ich hab's. Ich habe endlich den passenden und richtigen Namen, also die Bezeichnung für dich gefunden. Hör zu: Batman. Ist das nicht toll? Vor allem so passend!"

Der Tod glotzte ihn verständnislos an.

„Und? Und? Was sagste? Ist das nicht toll?"

„Luzi, bei allem was recht ist, das geht zu weit."

„Wieso denn!"

„Batman ist eine Kunstfigur, reine Fantasie."

„Das macht doch nichts. Ist doch völlig egal. Also, ich finde das toll. Weißt du, ich hab mir gedacht, dass man dieses Batman auf besondere Weise schreibt. Pass auf: kleines b, kleines a, ganz großes T wie ein Kreuz, und dann wieder kleines m, kleines a und kleines n. Ich mal das mal auf."

b a T m a n

„Ausgesprochen ist das BÄTTMÄN. Ist das nicht toll?"

„Wo hast du denn diese dumme Idee her?", empörte sich der Tod.

Luzi ging nicht darauf ein, hatte die Frage überhaupt nicht zur Kenntnis genommen. Er schwelgte weiter in seiner Idee: „Man muss das nur richtig aussprechen, verstehste. Damit es keine Verwechslungen mit Badman oder Bettmann oder Betmann gibt. Nur richtig aussprechen. Das ist alles. Und das sagt dann, dass du fliegen und retten und überhaupt alles kannst. Ich bin einfach begeistert!"

„Ich nicht", meinte der Tod lakonisch.

„Du machst immer alles so kompliziert", maulte Luzi. „Aber ich muss jetzt los. Fritz muss zu seiner Tröstung. Lass uns nachher noch mal über den Batman reden. Dann wirst du einsehen, dass das der beste Name für dich überhaupt ist."

Nun blieb nur noch Fritz übrig, um seine Praktikantenarbeit zu bewältigen. Luzi hatte sehr wohl bemerkt, dass Fritz durchaus auch andere Seiten als die des Spanners hatte. Ihn erwartete eine heikle Arbeitsstätte, die viel Gefühl und Einfühlungsvermögen erforderte. Das traute Luzi Fritz aber zu.

Sie trafen bei einer jungen Frau mit einem fünfjährigen Jungen ein. Der Junge lag in den Armen seiner Mutter und weinte: „Mama, wann kommt denn Papa wieder?"

„Kindchen, Kindchen", sie zwang sich, ihre Stimme fest klingen zu lassen. Ihr Kind sollte weder unter dem Tod des Vaters noch unter ihrem unsäglichen Kummer leiden müssen.

Luzi und Fritz betrachteten die Szene. Fritz sah zu Luzi: „Was soll ich tun, Otto?"

„Trösten. Aber warte, ich habe eine Idee. Vielleicht hilft das ja ein wenig."

Luzi näherte sich dem Ohr der jungen Witwe und flüsterte ihr zu: „Batman hat den Papa geholt."

Die Frau schien zu lauschen. Entweder hatte Luzi zu leise gesprochen oder genuschelt, jedenfalls hellte sich nach einiger Zeit die Miene der Frau dann doch etwas auf und sie sagte leise zu ihrem Sohn: „Ich verrate dir jetzt ein Geheimnis. Aber das darfst du niemandem sagen. Versprich mir das."

Der Junge sah sie mit großen erwartungsvollen Augen an und nickte.

„Dein Papa ist Batman. Er muss jetzt viel arbeiten, um Kinder zu retten. Und Menschen und Tiere. Er muss Feuer löschen und Boote retten.

„Papa ist Batman?"

Sie nickte.

„Und wann kommt er?"

„Er kommt nachts. Dann kommt er und holt dich ab, weil du ihm helfen musst."

Der Junge sprang von ihrem Schoß, rannte in sein Zimmer und holte sein Spiderman-Kostüm.

„Mama, Mama, ich muss das anziehen, damit jeder weiß, dass Batman mein Papa ist. Und ich bin Spiderman und helfe ihm."

Die Frau schluckte tapfer ihre Tränen hinunter, als sie ihren Sohn mit leuchtenden Augen sah. „Ja, so machst du das. Aber damit du stark bist, musst du immer ein bisschen vorschlafen."

„Ja, ja, Papa kommt, Papa kommt."

Fritz wischte sich eine unsichtbare Träne weg.

„Otto, was soll ich denn jetzt tun?"

„Kümmere dich einfach um den Jungen, Fritz."

Das tat Fritz. Er suchte im Fernsehen einen Batman-Film, schaltete mit einem energetischen Impuls das Programm um, begleitete den Jungen ins Bett, hauchte ihm ins Ohr: „Gleich wirst du mit deinem Papa fliegen."

Nach dem vielen Weinen schlief der Junge noch während des Films ein. Fritz hob ihn vorsichtig hoch, nahm ihn auf den Arm und flog mit ihm über Häuser und Dächer. Und immer wieder flüsterte er: „Wir schauen jetzt nach, ob alles in Ordnung ist." Der Junge war begeistert. Fritz legte ihn erst wieder zurück, als der Junge kurz vor dem Aufwachen war, damit sichergestellt war, dass er sich an diesen Ausflug erinnerte.

Der Junge wachte auf, rannte sofort freudestrahlend zu seiner Mutter: „Mama, Mama, Papa war da, ich bin mit ihm geflogen. Er hat mir ganz viel gezeigt."

Die Mutter war unschlüssig, ob sie besorgt oder erfreut sein sollte. Aber sie wollte auf keinen Fall ihren geliebten Sohn wieder unglücklich sehen.

Und während Fritz für den nächsten Tag einen Plan für die neuen nächtlichen Unternehmungen machte, war dieser Tag für den Jungen der Beginn einer großen Sammelleidenschaft von allem, was mit Batman und Spiderman zu tun hatte.

Luzi hielt es für ratsam, Fritz für eine Weile bei dem Jungen zu lassen. Fritz machte seine Sache gut. Er selbst würde sich umsehen, um für die Frau einen neuen Lebenspartner zu finden. Es eilte nicht, sie brauchte noch ihre Trauerzeit, Zeit, um wirklich Abschied zu nehmen, bevor sie sich einem neuen Mann zuwenden konnte.

Luzi war sich darüber im Klaren, dass das mit Batman-Lichtbote-Tod nicht ganz so gelaufen war, wie er sich das vorgestellt hatte. Aber immerhin, Batman hatte seinen Zweck erfüllt. Hoffentlich hatte der Gevatter das nicht mitgekriegt, denn den Titel Batman wollte er ihm immer noch andrehen.

„He, Gevatter."

‚Oh, nein, nicht schon wieder', dachte sich der Lichtbote-Tod.

„He, ich red mit dir."

„Ist ja gut. Du redest mit mir."

„Hast du noch mal über den Batman nachgedacht? Hast du dir das überlegt?"

„Ja."

„Und?"

„Nix und."

„Nimmst du jetzt den Namen an?"

„Nein."

„Wieso nicht?"

„Luzi, jetzt reicht es. Es reicht und das auch noch gründlich. Ich werde mich nicht Batman nennen oder nennen lassen. Überleg doch mal: Ich gehe zu einer alten Frau oder einem alten Mann und sage: Juhu, ich bin Batman, der Vater von Spiderman. Die haben doch keine Ahnung, wer das ist oder sein soll. Andererseits könnte ich sagen. Ave, ich bin der Phoenix, der euch aus der Asche holt. Den Phoenix oder die Micky Mouse kennen sie vielleicht gerade so vom Namen her. Aber noch mal deutlich, dass das auch endlich bei dir ankommt: Ich – werde – nicht – Batman – sein, mich nicht so nennen oder bezeichnen lassen. Schluss jetzt damit. Endgültig!"

Wenn Luzi merkte, dass er mit einer Sache definitiv nicht weiterkam, ließ er sie einfach fallen. Worum Energie auf eine verlorene Sache verschwenden?

„He, Gevatter!"

‚Oh, nein.'

„Sag mal, wie findest du eigentlich die Praktikanten? Haben die nicht tolle Arbeit gemacht? Und? Was sagst du? Lassen wir jetzt die Seelen ein bisschen länger in der Zwischenwelt?"

„WIR schon mal gleich gar nicht, Luzi. Und jetzt hörst du mir mal zu. Was glaubst du, was passiert, wenn so viele Seelen in der Zwischenwelt bleiben? Es wird unendlich viele Gustavs geben, die ziellos umherirren und nicht nach Hause ins Jenseits finden. Sie sind nicht darauf vorbereitet. Sie würden alles Mögliche anstellen, um Abwechslung zu haben. Sie brächten die ganze Ordnung durcheinander. Und wie du weißt, sind nicht alle Seelen nach dem Tod des Körpers erlöst und friedlich und freundlich. Diese Erlösung erreichen sie nur im Jenseits, wenn sie den ganzen Rückblick auf ihr Leben haben mit allen verpassten Möglichkeiten und Chancen und daraus folgenden Konsequenzen. Luzi, du hast mir geholfen, ich habe versucht, dir zu helfen. Aber jetzt ist es genug. Ich muss wieder an meine geregelte Arbeit, und du hast sicherlich auch zu tun."

Luzi reichte ihm eine Tüte Kirschen. „Beruhige dich, Alter."

Engel

So sehr er auch versuchte, sich zur Ordnung zu rufen, nicht zu oft an Käthe zu denken – der Lichtbote-Tod bekam Luzi mit seinem nervigen Gerede einfach nicht mehr aus dem Sinn. Wieder und wieder dachte er an dessen Informationen über die Zurückbleibenden und Leidtragenden. War das wirklich immer so? Oder hatte ihm Luzi nur ein paar besonders krasse Ausnahmen gezeigt? Es ließ ihm keine Ruhe. Sicher, er wusste, dass die Menschheit heutzutage jeden Bezug zum Sterben vermied, ihn, den Tod, fürchtete. Er wusste auch, dass er schon lang nicht mehr als normaler Teil des Lebens angesehen wurde. War die Trauer der Zurückbleibenden heute darum so groß? Er sah einfach keine andere Möglichkeit, als das mal selbst zu prüfen. Der Lichtbote-Tod war heute gut im Zeitplan, alles verlief reibungslos, sodass er es einrichten konnte, an die Orte zu gehen, an denen er vor Kurzem eine Seele abgeholt hatte.

Er wollte dabei allerdings unter allen Umständen vermeiden, Luzi zu begegnen. Er horchte. Und tatsächlich, ab und zu hörte er ein paar Satzfetzen von Luzi: „... komm, versuch es doch noch mal, du schaffst das ...; ... lass bloß deine Finger davon, sonst ...; wage es, wage es, dann ...; du Dreckschleuder, wenn ich dich noch mal dabei erwische, ...; weine nur, weine, das macht es leichter; ... jetzt zeig ich es dir, du wirst nicht noch einmal ...; komm, Kleines, du musst keine Angst haben, ich begleite dich ...; ... Da! Da! Da! Hast du es endlich kapiert; ... nicht traurig sein, es ..."

Dem Lichtboten-Tod war klar, dass er nie wie Luzi würde reden oder handeln können. Er würde sich ein eigenes Bild machen müssen und auf seine Weise versuchen, etwas zu unternehmen. Es widerstrebte ihm zu denken, dass allein aufgrund seiner Abholung von Seelen derart viel Kummer und Leid entstand.

Sein erster Besuch galt einem Mann, dessen Frau und zwei Töchter bei einem tragischen Autounfall ums Leben gekommen waren, und deren Seelen er gestern nach Hause geführt hatte. Immer schon war es ihm schwergefallen, Kinder und Jugendliche zurückzubringen. Er hätte ihnen mehr Leben auf der Erde gewünscht. Aber die Seelen hatten sich eben so entschieden.

Dem Lichtbote-Tod war es möglich, mit einem einzigen Blick auf eine Szene die gesamte Geschichte dahinter zu erkennen. So sah er den Mann, Gerd. Der war am Nachmittag nach Hause gekommen, in das neu erworbene, gemeinsame Haus der Familie. Das Geschirr vom Frühstück stand noch auf dem Tisch, schmutzige Wäsche stapelte sich als wilder Haufen vor der Kellertür. Überall lagen die Spielsachen seiner Kinder herum. Bevor er sich darüber ärgern konnte, klingelte es an der Tür. Er hatte geöffnet – und diese Nachricht erhalten. Da war er komplett zusammengebrochen.

So saß er jetzt noch immer da. Nicht nur er war zusammengebrochen, auch seine ganze Welt. Nichts gab mehr Sinn, er konnte weder essen noch trinken, noch schlafen. Alles war vollkommen absurd, nicht real, abwegig, falsch. Es konnte nicht stimmen. Es war einfach nicht wahr. Es war ein schlechter Traum, aus dem er nicht aufwachen konnte.

Da klingelte es wieder an der Tür. Er erschrak zutiefst. Es war ein Bestattungsunternehmer. Woher kam der? Wieso kam er? Wer hatte ihn gerufen? Er wusste es nicht, und es war ihm auch egal.

Der Bestatter fand den richtigen Ton und die richtigen Worte, um Gerds Aufmerksamkeit zu bekommen. Und er hörte zu. Er ließ Gerd reden. Er ließ ihn weinen. Er verstand ihn.

Der Bestattungsunternehmer führte das Gespräch behutsam zu der Tatsache, dass eine Beerdigung anstand. Gerd begriff nichts, nickte nur ab und zu. Der Bestatter zeigte ihm Särge, fragte nach Konfession und Blumenschmuck, Todesanzeige in der Zeitung und Trauerkarten, bis er schließlich sagte, dass jetzt Formalitäten zu erledigen seien. Es war von Totenschein und Rentenanspruch, Krankenkassen und und und die Rede. Aber Gerd war nicht in der Lage, irgendetwas zu verstehen. Sein Körper bestand nur aus einem blutenden Herzen, das jede weitere Körperenergie aufsaugte.

Der Bestatter fragte, ob er jemanden habe, der Gerd beistehen oder helfen könne. Gerd verneinte, da er und seine Familie vor Kurzem erst in dieses Haus gezogen wären und noch keinen Freundeskreis hatten aufbauen können. Doch, er habe eine Schwester, die würde er anrufen. Das tat er.

Seine Schwester meinte, dass das sehr tragisch sei. Aber sie wäre ja so weit entfernt und könne leider wegen wichtiger Termine nicht kommen. Er bräuchte ja jetzt sowieso etwas Zeit und Ruhe, um das alles zu verarbeiten. Aber da er ja so stark wäre, würde er es schon schaffen, darüber hinweg zu kommen.

Niemand war da, um Gerd zu umarmen oder zu trösten. Bis auf eine Nachbarin, eine junge Frau. Sie hatte von dem Vorfall gehört. Dieser Gerd hatte ihr von Anfang an gefallen, und nun sah sie eine gute Möglichkeit, um sich in ein gemachtes Nest zu setzen.

Sie kam zu ihm mit einer frisch gekochten Hühnersuppe und einem sehr tief ausgeschnittenen, eng anliegenden Pullover. Sie sprach liebe Worte und schaffte es, seinen Kopf tief zwischen ihre üppigen Brüste zu drücken, ihn zu streicheln. Gerd war nicht in der Lage, sich zu wehren. Sein Kopf funktionierte nicht, aber er fühlte ganz genau, dass das so nicht in Ordnung war. Die Frau versprach von sich aus, bald wiederzukommen ...

Der Lichtboten-Tod war erschüttert. Was konnte er tun, was sollte er tun? Er wusste es nicht. Luzi hätte wahrscheinlich eine Idee gehabt ...

Gerade, als der Lichtbote-Tod zu seinem nächsten Erkundungsbesuch aufbrechen wollte, wurde er Zeuge eines Gesprächs in der Nähe von Gerds Haus.

Drei Frauen standen da. Und alle schienen Aspirantinnen für die Nachfolgegeneration der TriWis zu sein.

Frau A: „Habt ihr's schon gehört?"

Frau B: „Was denn?"

Frau A: „Na, dass die Frau und die beiden Kinder vom Gerd umgekommen sind!"

Frau B und C: „Das ist ja schrecklich!"

Frau C: „Wie ist das denn passiert?"

Frau A: „Unfall."

Frau B: „Das ist ja schrecklich! Wenn ich mir vorstelle, meinen Kindern würde etwas passieren ..."

Frau C: „Muss man da denn kratolieren?"

Frau A: „Das heißt kondolieren."

Frau C: „Ja, ist ja gut. Muss man denn da was machen?"

Frau A: „Ich weiß auch nicht. Was soll man denn da auch sagen?"

Frau B: „Tja, wenn es eine Frau wäre, könnte man ja Blumen ..." Sie beendete den Satz nicht, begann aber mit einer neuen Überlegung: „So gut kannten wir die ja auch nicht."

Frau C: „Wieso, ihr habt doch schon einige Male mit denen im Garten zusammen gesessen."

Frau A: „Ja, schon. Aber das war ja mehr mit ihr als mit ihm. Ihn kenne ich eigentlich gar nicht. Immerhin habe ich ihm eine Karte in den Briefkasten gesteckt."

Frau C: „Was hast du denn geschrieben?"

Frau A: „Nichts, was soll ich denn sagen? Ich habe eine Trauerkarte gekauft und innen habe ich nur ‚LG' und meinen Namen geschrieben."

Frau B: „Das macht man aber nicht."

Frau A: „Was?"

Frau B: „LG schreibt man nur in einer Handynachricht."

Frau A: „Ist doch egal. Der weiß das doch sowieso nicht."

Frau B: „Eine Tochter von dem ist mit meinem Sohn in einer Klasse gewesen."

Frau C: „Also, wenn ihr mich fragt, dann war das ja zu erwarten.

Frau A und B: „Was?"

Frau C: „Habt ihr mal gesehen, wie die immer Auto gefahren ist? Kein Wunder, dass da mal was passieren musste."

Frau A: „Ich habe gehört, dass sie nichts dafür konnte."

Frau B: „Aber unachtsam war sie trotzdem. Wenn ich immer gesehen hab, wie nachlässig die mit ihren Kindern umging. Fahrrad ohne Helm und so. Wer weiß, vielleicht war sie ja doch schuld."

Frau C, nickend: „Jaja, so wie die manchmal angezogen war."

Frau B: „Ja müssen wir denn jetzt was machen?"

Frau A: „Ich mache nichts mehr. Hab ja die Karte geschrieben."

Frau B: „Ich mache auch nichts. Der ist ja immer so viel unterwegs. Wer weiß, vielleicht hat er ja sowieso irgendwo ein Verhältnis."

Frau C: „Vorhin habe ich die Lisbetha aus dem Haus kommen sehen."

Frau B: „Was! Dieses Flittchen! Die kann es wohl nicht erwarten, sich den Typen zu angeln! Die schmeißt sich doch jeden, den sie kriegen kann, an ihre falschen Titten und zwischen ihre Beine. Die so schön nun auch wieder nicht sind."

Frau A: „Passt auf, der kommt gerade aus der Tür. Ich muss los."

Frau B: „Jaja, ich muss meine Kinder noch zum Sportplatz fahren."

Frau C: „Ich muss auch los. Hab seit zwei Wochen beim Tierheim ein Ehrenamt und führe Hunde aus."

Der Lichtboten-Tod war sehr betroffen. War das überall so, dass zwar getratscht wurde – und das war es dann schon?

Er ging zu den nächsten Hinterbliebenen. Eine Frau in den mittleren Jahren mit einer Tochter hatte ihren Mann verloren. Die Frau bemühte sich, ihre Tochter zu trösten. Aber niemand tröstete sie. Sie rief ihre beste Freundin an. Die meinte, sie könne ja vorbeikommen, aber nur für eine halbe Stunde, weil sie mit Ingrid zum Kaffeetrinken verabredet sei und diese Freundin verärgert wäre, wenn sie nicht käme. Die Frau erhielt über Handy noch Mitteilungen, dass sie sich ja melden könne, wenn sie Hilfe bräuchte. Die Frau rief oder schrieb nicht zurück. Sie schlich durchs Haus, wenn ihre Tochter nicht da war, unfähig, auch nur irgendetwas zu tun. Aber sie musste: Papiere raussuchen, Papiere vorlegen, beantragen. Sie tat alles mechanisch. Ihr Kopf war abgeschaltet, die ganze Frau bewegte sich mechanisch und orientierungslos, sie flog irgendwie geistesabwesend durch den Tag. Alles, was sie tat, war irgendwie. Gute Freunde und Bekannte beließen es dabei, entweder überhaupt nicht auf die Todes-Nachricht zu reagieren oder im besten Fall ihr telefonisch viel Kraft zu wünschen. Sie könne sich ja melden, wenn man ihr helfen solle. Aber zur Beerdigung kämen sie. Wenn sie es zeitlich gerade einrichten könnten.

Der Lichtbote-Tod besuchte noch drei weitere Hinterbliebene. Das Leid war bei allen gleich, wenn auch in abgewandelter Form.

DAS hatte der Lichtbote-Tod so nicht gewusst. Luzi hatte recht gehabt. Handlung war geboten, es musste etwas geschehen!

Der Lichtbote-Tod machte eine Eil- und Dringlichkeitseingabe. Er wollte nicht akzeptieren, dass Luzi auch noch in dieser Hinsicht recht behalten sollte, dass eine korrekte Eingabe nichts bewirken würde. Tatsächlich wurde seine Eingabe nach wenigen Stunden angenommen, und der Lichtbote-Tod durfte zur Anhörung kommen.

Wenig später stand er vor dem Gremium für Sonder- und Notfälle: „Ich grüße euch, ihr Brüder", sagte der Tod.

„Ja, Bruder, was ist denn so dringlich?"

„Es haben sich große Veränderungen auf der Erde und in der Menschheit gezeigt. Früher ..."

„Komm auf den Punkt, Bruder", wurde er harsch unterbrochen.

Derart rüde war der Tod noch nie unterbrochen worden. Bisher war man ihm immer mit großem Respekt begegnet. Der Tod zeigte seinen Unmut nicht und fuhr ruhig fort: „Gut. Ich brauche Engel, viele Engel, gut ausgebildete Engel."

Ein Kichern, Prusten, Stöhnen und Stampfen folgte diesen Worten.

Der Sprecher des Gremiums beugte sich nach vorn und meinte lakonisch: „Wir auch. Wir haben derzeit einen Engpass. Es gibt so viele Menschen auf der Erde. Und die meisten Engel sind bei ihrem jeweiligen Menschen. Manchmal kriegen wir wieder welche rein, wenn auf der Erde eine Katastrophe passiert ist. Aber die müssen sich erst mal regenerieren und sind dann auch gleich wieder verplant. Also, Bruder, wofür brauchst du denn Engel?"

„Das wollte ich ja eben darlegen, als du mich unterbrochen hast", schnappte der Tod.

„Dann erzähl es eben jetzt. Aber wenn ich bitten darf, in der kurzen Variante."

Das war dem Tod nur recht, denn so konnte er diverse Vorkommnisse auslassen. Er begann: „In jüngster Zeit tangierten meine Wege die von Luzifer." Ein kurzes Zusammenzucken der Anwesenden, das dem Tod nicht entging. „Diverse Eindrücke aus seinem Arbeitsgebiet führten mich zu der Erkenntnis, dass einige Tätigkeiten in den Aufgabenbereich der Engel fallen und nicht Luzifer allein überlassen bleiben können. Dazu gehört in erster Linie die Hilfestellung in Notlagen."

„Beispiel!", forderte ihn der Vorsitzende auf.

„Die Frau und zwei Kinder eines Mannes werden ordnungsgemäß von mir ins Jenseits geführt. Doch der Mann kommt mit dieser Situation nicht zurecht, weil ihm das Verständnis über die Zusammenhänge zwischen Leben und Tod nicht bekannt sind. Er leidet sehr, so wie viele andere Menschen auch, die einen Menschen ihres Herzens zurückgeben müssen." Der Tod hatte sich warm geredet und die Erinnerung an das Gesehene und Erfahrene ließen ihn ärgerlich werden. „Es liegt nicht an der Situation, sondern daran, dass offensichtlich von unserer Seite her etwas versäumt, ignoriert oder unterlassen wurde."

„Bruder, mäßige dich!"

Aber der Tod fuhr fort: „Die Menschen haben keinen Bezug mehr zum Sterben. Für sie ist das Sterben lediglich eine interessante Sache in ihren Medien, wenn sie stundenlang Dinge ansehen über Mord und Totschlag. Aber für sich selbst können sie den Tod nicht mehr als Teil des Lebens sehen. Überhaupt wissen sie nicht mehr, dass das Leben auf der Erde nur eine Episode in ihrem gesamten Seelenleben ist, dass sie im Jenseits so viele unglaubliche Möglichkeiten der Weiterentwicklung ..."

„Es reicht, Bruder, das genügt."

Der Tod wurde zornig: „War es nicht der große Plan, den Menschen wieder das große Wissen zuzuführen? Sollten sie nicht schon früher Einblick in ihre Existenz, den Zweck ihres Wirkens auf der Erde erhalten haben? Und jetzt sind sie allein gelassen, von allen, mit allem. Und ihre Engel sind derart weisungsgebunden, dass sie in solchen Situationen vollkommen hilflos und machtlos sind. Sie dürfen noch nicht mal leuchten."

Der Vorsitzende winkte ab: „Beruhige dich, Bruder. Beruhige dich. Ich weiß, ich weiß." Offensichtlich suchte er nach Worten und Erklärungen, beschränkte sich letztlich aber darauf zu sagen: „Mehr als vier Engel kann ich dir nicht geben. Mehr habe ich nicht. Die anderen sind zu jung und unerfahren, die müssen sich erst einarbeiten. Hier oben."

„Vier", schrie der Tod regelrecht, „nur vier?"

„Nur vier. Mehr habe ich nicht. Ich – habe – nicht – mehr."

„Wann kann ich sie haben?"

„Naja, sagen wir morgen Erdenzeit."

„Haben diese Engel wenigstens die Befugnis, meinen Weisungen zu folgen?"

Der Vorsitzende wiegte den Kopf hin und her. „Meinetwegen", murmelte er, fügte dann aber schnell hinzu: „Aber alles in Maßen! Dass das klar ist. In Maßen. So, und jetzt, was steht jetzt auf dem Programm?" Er murmelte seinem Protokollführer zu: „Setz doch mal Luzifer zu den Besprechungspunkten."

Neuer Versuch

Der Lichtbote-Tod war mit dem Ergebnis überhaupt nicht zufrieden. Aber immerhin, er hatte etwas, wenn auch viel zu wenig erreicht.

Am Morgen Erdenzeit begab er sich zur Übergangszone zwischen Erde und Jenseits. Er sah vier Gestalten, die dort zu warten schienen. Merkwürdig. Bei keinem dieser Typen konnte er sich daran erinnern, sie jemals abgeholt zu haben oder ihnen begegnet zu sein. Beim besten Willen nicht. Wer weiß, worauf die warteten. Er wartete jedenfalls auf die vier zugesagten Engel.

Die vier Typen waren drei männliche Wesen und ein weibliches. Das Weibliche war klein und zierlich, mit bunten Rastalocken, einem überdimensionalen Shirt und einer tigergemusterten, eng anliegenden Beinkleidung. Lilafarbene Schuhe ergänzten das Bild.

Einer der Männer war kräftig gebaut, er ähnelte einem Stier, musste den Hell's Angels entlaufen sein. Alles deutete darauf hin: die Lederkluft mit Nieten, die Ketten, das Hundehalsband, die Springerstiefel ... einschließlich wilder Mähne und zotteligem Bart.

Der zweite Mann schien ein Überlebender der Flower-Power Bewegung zu sein. Weite Schlabberhosen im Batik-Look, weißes T-Shirt mit aufgedruckter Friedenstaube vorne drauf, lange, glatt herunterhängende Haare, barfuß. Sein Blick vermittelte den Eindruck, er habe sich soeben am Genuss eines galaktisch guten Joints erfreut.

Der dritte Mann gehörte offenbar der Gothic-Szene an. Komplett schwarz gekleidet, eine Unmenge Silberketten um den Hals, schwarze Haare, die Augen über und über schwarz geschminkt. Auch die Wangen, der Mund in Schwarz. Nur die Nase nicht. Warum eigentlich die nicht?

Ab und zu blickten die vier zum Tod hinüber, standen aber ansonsten vollkommen ruhig und entspannt da.

Der Tod wurde immer unruhiger. Wann kamen denn jetzt endlich die vier zugesicherten Engel? Sie müssten längst hier sein. Um seine Ungeduld und Nervosität unter Kontrolle zu bringen, schlenderte er hin und her und näherte sich damit den Wartenden. Er sprach sie an: „Ihr wartet auch?"

„Hm." Das sollte wohl eine Bejahung sein.

„Auf wen wartet ihr denn? Kommt ihr vom Jenseits oder wollt ihr dort hin?"

„Wir kommn von da."

„Von wo?"

„Von drübn."

Der Tod verstand nicht. War drüben von da oder von dort?

„Wie lange wartet ihr denn schon? Wer soll denn kommen?", fragte der Tod. Nicht aus Interesse, sondern nur, um seine Wartezeit zu überbrücken.

„Aufn Tod."

Der Lichtbote-Tod zuckte zusammen. Nein, nein, nein, das konnte nicht sein! Er erwartete Engel, Lichtgestalten, aber mit Sicherheit nicht diese vier.

„Wer seid ihr denn?", brachte er schließlich heraus.

„Wir sin von de Sondereinsatzgruppe. Spezialaufträge, verstehsde."

„Ähm, ja, ach so, ja. Wo kommt ihr denn her?"

„Warn ebn aufm Open-Air-Festival. Wir zwei", er deutete auf den Gothic-Typ und sich, „kommn vonem geilen Punk-Treffen. Die zwei", er zeigte auf das Mädchen und den vergeistigten Mann, „warn ebn beim Wookstock Revival. Sin alle ebn reingekommn, wurdn aber gleich wieder losgeschickt."

Der Lichtbote-Tod betrachtete die vier genauer. Das alles wollte nicht in das Bild passen, das er sich von seinen zukünftigen Helfern gemacht hatte. Hm, wenn die also direkt von einem Ereignis auf der Erde zurückgekommen waren und schlicht keine Zeit hatten, sich eine andere Erscheinungsform anzueignen, dann, ja dann, – ob die sich anders kleiden könnten? Er fragte erst mal: „Was habt ihr denn dort gemacht? Wozu wurdet ihr eingesetzt?"

„Wie jesacht, wir sinn die Eingreiftrubbe. Die machen bei den Festivals doch imma son Scheiß. Un damid nich zu ville passiert, müssn wir ebend immer eingreifn", sagte der Gothic-Typ.

„Aha."

„Wer bissn du?"

„Ich? Ja, ich bin der Tod, der auf vier Engel wartet."

„Wenndess so is, dann könnwr ja geh'n. Wohin gehn wir? Was stehtdn aufm Plan?"

Der Tod wand sich. Er wollte nicht unhöflich sein, aber Engel in dieser Erscheinungsform waren irgendwie nicht so recht angemessen. Fand er. So fragte er beinahe schüchtern: „Könnt ihr eure Erscheinungsform ändern?"

Die vier sahen ihn irritiert an.

„Wieso, Alder, die is doch cool."

„Ja, da gebe ich euch vollkommen recht. Aber bei diesem neuen Einsatz müsstet ihr", dann hatte der Tod die Idee schlechthin, „euch verkleiden."

Zu seiner Erleichterung nickten die vier.

„Wie solln wr denn kommn?"

Der Tod überlegte und beäugte dabei die Verkleidungskandidaten. Er sagte zu dem Hell's-Angels-Rocker: „Könntest du dich vielleicht in den Montageanzug eines Klempners kleiden?"

Der Rocker schien zwar enttäuscht, nickte jedoch.

Den Gothic-Mann bat er, in die Kleidung eines Schornsteinfegers zu steigen. Der nickte.

Den Vergeistigten bat er, sich wie ein Yoga-Lehrer zu kleiden, das Mädchen sollte wie eine Schülerin aussehen.

Die vier verschwanden kurz und kamen in der gewünschten Kleidung zurück. Dem Tod verschlug es die Sprache.

Der Rocker hatte einen zwei Nummern zu kleinen Montageanzug über seine Biker-Kluft gezogen, sodass nichts von der prächtigen Erscheinung seines Rocker-Outfits verloren ging.

Der Gothic-Mann trug nun zwar einen schwarzen Einteiler mit Zylinder, seine Augen waren nicht mehr ganz so schwarz umrandet, aber alle Ketten baumelten weiterhin vor seiner Brust.

Der Vergeistigte trug die weiße Kleidung eines Arztes, jedoch mit Blume hinter dem Ohr, einem Dutt statt offener Haare und einer Blumenkette um den Hals.

Das Mädchen trug tatsächlich Schülerinnen-Bekleidung. Haare wie gehabt, ein tief ausgeschnittenes Top, das direkt unter den kleinen Brüsten endete, einen blauen Rock, der kurz vor der Schamhaargrenze begann und haarscharf am Ende ihres Pos aufhörte. Rotlila Strümpfe bis über die Knie und massige Schuhe, die scheinbar von einem Bauarbeiter geliehen waren.

„Okay so?", fragte der Rocker, der der Sprecher der vier zu sein schien.

Der Tod nickte resigniert. Er tröstete sich mit dem Gedanken, dass das Aussehen der Engel ohnehin keine

Rolle spielte, da niemand sie sehen könnte. Dachte er zumindest. Denn was wusste er schon von einer Engel-Sondereinsatz-Spezialgruppe?

Er zog mit seinem Trupp Spezialengel los und überlegte fieberhaft, welchen der vier er bei Gerd einsetzen könne. Ob er zu laut gedacht oder vor sich hingemurmelt hatte? Jedenfalls sagte der Rocker sofort: „Ich geh zum Gerd."

Der Yoga-Lehrer bestimmte: „Ich geh zu der Frau mit der Tochter." Die „Schülerin" ging zu der Tochter der Witwe.

Der Gothic-Mann verfügte, zu einem Selbstmord gefährdeten Witwer zu gehen.

Wäre es möglich gewesen, hätten dem Tod die Haare zu Berge gestanden. So war das nicht gedacht und auch nicht geplant. Aber jetzt war es nun mal so gekommen, und wenn es überhaupt nicht klappen sollte, dann würde er diese Engel eben einfach wieder zurückschicken. War doch ganz einfach, oder?

Was sich dann ereignete, entzog sich vollkommen der Kontrolle des Lichtboten-Todes. Kaum auf der Erde angekommen, verteilten sich seine vier Helfer, ohne irgendwelche Anweisungen oder Einweisungen abzuwarten. Der Lichtbote-Tod konnte nur noch zusehen, mal fassungslos, mal erstaunt, mal erheitert. Wieder einmal kam sein Zeitplan durcheinander.

Der Rocker trat als Erster in Aktion. Er fuhr mit einer Harley in seiner Klempner-Montur zu Gerd, stieg ab, nahm einen Werkzeugkoffer aus der Satteltasche und ging zur Tür. Er klingelte. Gerd öffnete, sah die massige Gestalt an seiner Tür im Rocker-Outfit mit Montageanzug und hinter ihm die Harley.

„Bin der Klempner. Ihr habtn Leck", eröffnete der Rocker das Gespräch.

Gerd stotterte. Er war in diesem Augenblick völlig überfordert. Draußen eine Harley, die richtig echt aussah, dann ein Leck, von dem er nichts wusste, und auch noch dieser Typ, der angeblich Klempner war, eine Rocker-Uniform trug und mit seiner Harley vorgefahren war. Das kriegte er nicht zusammen.

„'en Klempner mit ner Harley?", brachte er heraus.

Der Rocker drehte sich um, als gäbe es etwas Besonderes zu sehen und meinte dann: „Bin eingesprungen. Notfall. Panne mit dem Firmenwagen. Is jetzt Schrott. Wo ist das Leck?"

Gerd interessierte sich jetzt überhaupt nicht für das Leck. Da draußen, vor seiner Tür, stand eine Harley. Seine Traummaschine! Seine Augen ließen die Maschine nicht los und er stammelte: „Kann ich die mir mal genauer ansehen?"

„Hm."

Gerd taumelte zu der Maschine, begutachtete, musterte, beäugte, berührte, streichelte und dann begann die Fachsimpelei.

„Hm", meinte der Rocker, „kennst dich ja aus."

„Klar. Ich war auch mal in einer Motorrad-Gang."

„Ach."

„Ja, früher eben. War ne tolle Zeit mit den Kumpels und den Maschinen."

„Wo war das?", fragte der Rocker.

Gerd lachte in Erinnerung an die alte Zeit: „Ziemlich weit weg von hier. Kennste wahrscheinlich nicht, das war in Großlaubenberg."

„Ach ne."

„Kennst du das?"

„Klar. Da hab ich auch mal gewohnt."

„Echt jetzt?"

„Ja. Wen kennste denn von da?"

„Na eben die alte Truppe. Den Kicko, den Stopper, den Bigs, den Trolle, den Schnuppe. Der war mein bester Freund. Aber der ist vor ein paar Jahren ins Ausland, und irgendwie haben wir den Kontakt zueinander verloren."

„Ach! Der Schnuppe. Das ist der Bruder von mein Kumpel Bölle."

„Das gibt es doch nicht."

„Doch. Und der Schnuppe wohnt seitn halbn Jahr hier um die Ecke."

„Ne! Das glaub ich nicht. Der Schnuppe?"

„Jo."

„Hast du seine Adresse?"

„Jo. Wenne wills, dann mach ich jetzt das Leck zu und dann könnwr hinfahrn."

Gerd griff sich immer wieder an den Kopf. Der Schnuppe, sein bester Freund war hier, und er hatte es nicht gewusst!

Er folgte dem Rocker in den Keller, der das Leck abdichtete wie von Zauberhand.

„Wie geht es denn dem Schnuppe?", bedrängte Gerd den Rocker.

„Wohl nich so gut. Seine Freundin hat ihm wohl übel mitgespielt."

„Oh Mann, der Schnuppe. Der war immer so gutmütig."

„Jo. Bin fertig. Wir könn los." Er sagte nichts von Lieferschein, Unterschrift oder Rechnung.

„Ja, ich hole mir nur 'ne Jacke. Warte. Vielleicht finde ich ja meine alte Motorradjacke. Warte, bin gleich wieder da. Warte."

Gerd kehrte tatsächlich in Windeseile zurück und trug die alte Lederjacke von seinem Motorrad-Club. Er strahlte. Der Rocker strahlte auch.

„Wie heißt du eigentlich?", fragte Gerd.

„Ich bin Otti.“

„Dann mal los, Otti“, lachte Gerd und freute sich riesig, auf einer Harley mitfahren zu dürfen.

„Willst du fahrn?“, fragte ihn Otti.

„Ist das dein Ernst? Du willst mich fahren lassen?“

„Eigentlich nich, aber gehörst ja quasi zur Familie.“

Gerd konnte es nicht fassen. Er durfte eine Harley fahren, und er würde seinen ehemals besten Freund wieder treffen.

Schnuppe wohnte wirklich nur ein paar Straßen weiter, aber Gerd fuhr die Harley mit einem kleinen Umweg von dreißig Kilometern zu der Adresse.

Vor dem Haus des Freundes stieg Gerd von der Maschine, klopfte Otti auf die Schulter und meinte: „Du bist ein echter Engel. Ich danke dir.“

„Jo“, sagte der Otti-Engel von der Eingreiftruppe für Spezialfälle und fuhr weg.

„Wie kann ich dich eigentlich erreichen?“, rief er ihm nach.

„Schwierig, bin viel unterwegs.“ Dann war er auch schon verschwunden.

Gerd klingelte, sein Freund öffnete die Tür, dann fielen sich beide in die Arme und hielten sich fest.

Zu zweit konnten sie ihre Schicksale besser tragen als allein, und das würden sie nun auch tun.

Der Lichtbote-Tod staunte nicht schlecht. Dieser Engel hatte Gerd ja gar nicht getröstet. Er hatte diesen armen Mann nur zu einem Seelenverwandten geführt. Respekt …

Zur gleichen Zeit begleitete Fritz seinen Schützling vom Sportplatz nach Hause. Er behütete und beschützte den Jungen. Er sorgte dafür, dass er in der Nacht gut schlief, flog mit ihm in dessen Träumen als Batman herum, kümmerte sich darum, dass er konzentriert seine Hausaufgaben machte, flüsterte ihm ab und zu Ergebnisse zu, sorgte dafür, dass Freunde besonders nett zu ihm waren und ihn einluden. Kurz, er kümmerte sich mehr um den Jungen, als ein liebender Vater es hätte tun können. Und Fritz war nie in seinem Leben so glücklich gewesen wie jetzt in seinem Nachleben.

Und ausgerechnet da musste dieser Schornsteinfeger-Gothic-Engel auftauchen. Fritz baute sich vor dem Engel auf: „Was willst du denn hier?"

„Helfen", antwortete dieser.

„Brauchst du nicht. Da hättest du früher kommen müssen. Jetzt mach ich das. Kannst gehen."

Der Engel sah ihn irritiert an: „Bist du sicher, dass du alles im Griff hast?"

Das hätte er besser nicht gesagt, denn Fritz explodierte fast: „Hau ab, hau ab, das ist mein Junge, ich kümmere mich um ihn. Und wenn ich wirklich Hilfe brauchen sollte, dann werde ich die mir holen. Aber du wirst bestimmt nicht dabei sein. Hau ab, verschwinde!"

„Ist ja gut, ist ja gut. Ich muss nur eine Kleinigkeit erledigen. Dann bin ich weg."

Er drehte sich um, ging ins Wohnzimmer und gab dem Telefon einen kleinen Impuls. Morgen würde ein fehlgeleiteter Anrufer die Mutter erreichen. Der Mann und die Mutter würden ein längeres Gespräch führen. Und daraus könnte etwas ganz Besonderes entstehen.

So arbeiten Engel eben. Sie bieten Chancen.

Da der Schornsteinfeger-Gothic-Engel gerade in Aktion war und nun Zeit übrig hatte, eilte er zu einem anderen Kandidaten, der dringend Hilfe brauchte.

Jens hatte drei Jahre lang seine Frau gepflegt. Drei lange Jahre hatte er zusehen müssen, wie sie sich jeden Tag dem Sterben mehr näherte. Und nun war sie gestorben, erlöst, gegangen, weg.

Auch wenn sein Verstand wusste, dass dieser Augenblick hatte kommen müssen, steckte er seit ihrem Weggang in einem tiefen Loch fest. Alles war jetzt sinnlos. Er hatte vor Jahren schon seinen Job aufgegeben, um sie zu pflegen. Diesen Job bekam er nicht wieder. Also lebte er von Sozialhilfe und wusste nichts mehr mit sich anzufangen. Auch wenn er erst fünfundvierzig Jahre alt war und einen handwerklichen Beruf erlernt hatte – niemand wollte ihn einstellen. Nichts interessierte ihn mehr, und er konnte sich zu nichts motivieren. Das war es dann wohl, dachte er. Stundenlang saß er vor dem Fernseher, ohne die Sendungen wirklich zu sehen. Und dann, an diesem Tag, entschloss er sich endgültig, sich das Leben zu nehmen. Er wollte zu seiner Beate.

Er steckte den Autoschlüssel ein, inspizierte die Küche, das Bad und die anderen Räume, ob alles in Ordnung war. Ein Abschiedsbrief erübrigte sich, denn keiner von seinen alten Bekannten und Freunden hielt noch Kontakt zu ihm, niemand würde ihn vermissen oder auch nur wissen wollen, wo er wäre und wie es ihm ginge.

Es war kurz vor Mitternacht. Er fuhr auf eine hohe Brücke. Dort wollte er den Wagen abstellen, ordnungsgemäß mit Warnblinkleuchte gesichert, und dann von der Brücke springen. Gerade, als er auf die Brücke fuhr, sah er eine Gestalt auf dem Geländer stehen. Himmel! War das ein Selbstmörder? Wollte der springen?

Jens schaltete Licht und Motor aus, sprang aus dem Wagen und rannte zu der Gestalt auf dem Geländer. Auf den letzten Metern wurde er langsamer.

„Das ist keine gute Idee", sagte Jens leise.

„Gehen Sie weg", rief die Gestalt, ein schwarz gekleideter junger Mann.

„Nein, ich gehe nicht. Kommen Sie da runter!"

„Nein, verschwinden Sie, lassen Sie mich in Ruhe."

„Warum wollen Sie denn Ihr Leben wegwerfen? Sie sind doch viel zu jung."

„Das geht Sie gar nichts an. Hauen Sie ab."

„Mensch, Junge, das macht doch keinen Sinn. Probleme kann man doch immer lösen."

„Nein, meine nicht."

„Doch, die auch. Kommen Sie runter!"

„Verschwinden Sie endlich. Lassen Sie mich in Ruhe!"

„Wenn Sie jetzt nicht runterkommen, komme ich hoch."

„Nein, nein, bleiben Sie, wo Sie sind!"

„Ich will dich nicht holen, wenn ich hochkomme. Ich werde mit dir springen."

„Das kommt nicht infrage."

„Doch, wir springen dann zusammen."

„Ich will aber nicht mit Ihnen springen."

„Ist mir egal. Aber wenn ich springe, sind Sie schuld, wenn ich sterbe. Sie haben dann mein Leben auf dem Gewissen."

„Das könnte Ihnen so passen. Das nehme ich nicht auf mich. Sie bleiben unten."

„Nein, ich komm jetzt hoch."

„Bleiben Sie, wo Sie sind. Ich will nicht, dass Sie hochkommen. Das ist meine Brücke. Ich war zuerst da. Ich will allein springen!"

„Das könnte Ihnen so passen! Ich wollte schon vor zwei Tagen runterspringen. Ich hab das Vorrecht. Und außerdem bin ich älter als Sie."

„Aber jetzt war ich zuerst da. Und ich spring allein."

„Pass mal auf Junge, ich komme jetzt hoch, und dann springen wir zusammen!"

„Ich will das aber nicht!"

„Dann springe ich zuerst, und du kannst hinterher springen."

„Und wenn ich Ihnen dann auf den Kopf springe?"

„Ich springe nach links, und du springst nach rechts."

„Dann habe ich ja trotzdem Schuld, wenn Sie tot sind."

„Ja, stimmt. Aber du meinst ja, dass das Leben nichts wert ist. Dann kann es dir doch egal sein, wenn ich tot bin."

„Ist es aber nicht. Nicht, nicht, bleiben Sie unten."

Aber Jens kletterte bereits auf das Geländer und hielt sich mit der linken Hand an einer Stahlstrebe fest. Nun standen beide nebeneinander und blickten sich in die Augen.

„Junge, so wie du angezogen bist, siehst du ja bereits aus wie der Tod. Kein Wunder, dass du Todessehnsucht hast. Du solltest dir mal was Helleres anziehen."

„Das geht dich nen Scheiß an."

„Ja, da hast du recht, du kannst machen, was du willst. Darfst dich dann aber nicht wundern, wenn du so eine Scheißstimmung hast."

„Sie haben ja keine Ahnung, wie aussichtslos mein Leben ist."

„Dann hast du noch nie gelebt. Dann hast du noch nie erfahren, wie wunderbar das Leben sein kann. Ich habe es jedenfalls erlebt."

„Und? Und jetzt ist auch bei dir auf einmal alles Kacke, was? Sonst würdest du ja nicht hier stehen."

„Langsam, ganz langsam, Junge, ich stehe hier, weil du hier stehst und ich nicht zusehen kann, wie jemand sein Leben wegwirft."

„Das ist meine Sache. Ich kann damit machen, was ich will."

„Es wäre schade, wenn du nicht auch mal die schönen Seiten des Lebens kennenlernen würdest. Es lohnt sich. Weißt du, ich habe auch mal gedacht, dass alles sinnlos wäre. Aber dann muss man einfach seinen Arsch hochheben und sich bewegen. Man muss sich selbst einen Arschtritt verpassen und anfangen, seinem Leben eine andere Richtung zu geben."

„Du hast gut reden. Bei mir macht das alles keinen Sinn mehr. Ich springe jetzt."

„Nein", Jens griff mit seiner freien Hand nach dem jungen Mann, packte ihn an seiner schwarzen Jacke und zog daran. „Du kommst jetzt hier runter." Jens versuchte mit einem Bein, ein Bein des jungen Mannes nach unten zu schieben. Doch der tat es ihm gleich. Jeder mit einer Hand an einer Brückenstrebe, den Abgrund unter sich, den Bürgersteig neben sich, begannen sie einen Ringkampf mit je einem Arm und einem Bein.

„Runter jetzt!"

„Nein! Sie zuerst."

„Nein, du."

„Nein. Dann springen wir beide."

„Verdammt noch mal, ich will sterben. Hau jetzt endlich ab."

„Du bist ein Idiot. Du willst gar nicht sterben. Du willst nur deine Probleme loswerden und bist zu feige, sie anzugehen."

Nun heulte der junge Mann, der Engel der Sonderspezialeinsatztruppe: „Ich krieg das aber nicht hin."

„Man ist nie allein, hörst du! Du siehst ja, dass ich hier bin." Mit diesen Worten schwang Jens sein Bein um das Bein des jungen Mannes, gab ihm einen Schubs, verlor selbst das Gleichgewicht, sodass beide auf den Bürgersteig fielen.

Der junge Mann schien das nicht mal bemerkt zu haben, er lag da, heulte und dann schlang er seine Arme um Jens. Der klopfte ihm beruhigend auf die Schulter.

„Ist gut, ist gut, alles ist gut. Ich bin bei dir, ich helfe dir. Wir finden schon einen Weg."

Sie blieben eine kurze Weile liegen, bis Jens schließlich sagte: „Ich kenne hier in der Nähe eine Kneipe, die nachts lange aufhat. Vielleicht gibt es die noch. Komm, lass uns ein Bierchen trinken gehen."

Der junge Mann nickte.

„Wie heißt du eigentlich?", wollte Jens wissen.

„Kevin."

Jens gluckste verhalten und murmelte: „Kein Wunder, bei dem Namen ist der Ärger ja vorprogrammiert." Und laut sagte er: „Ich heiße Jens. Komm, steh auf, lass uns gehen."

Die beiden Männer stolperten zum Auto von Jens, das noch immer ordnungsgemäß geparkt am Straßenrand stand. Es war Jens gar nicht aufgefallen, dass auf dieser viel befahrenen Brücke die ganze Zeit über nicht ein einziges Auto vorbeigekommen war.

Sie fuhren die kurze Strecke in die Stadt. Die Kneipe existierte noch und war wie erhofft auch geöffnet.

Beide gingen hinein. Kaum war Jens durch die Tür getreten, blickte der Kneipier auf, sah Jens, eilte um die Theke und kam ihm mit weit ausgebreiteten Armen entgegen: „Mensch, Jens, dass du dich mal wieder sehen lässt! Das freut mich."

Er hielt mit ausgestreckten Armen Jens an den Schultern und musterte ihn: „Du siehst scheiße aus. Deine Frau?"

Jens nickte.

„Mist. Das macht dir ganz schön zu schaffen, nicht wahr?"

Jens nickte wieder. Aber sein Herz hatte einen Sprung gemacht. Er hatte nicht erwartet, derart herzlich begrüßt zu werden. Er schob Kevin zum Tresen.

„Der Junge braucht was Starkes." An Kevin gewandt: „Was willst du haben? Bier, Korn, Whisky?"

„Erst mal nur ne Cola. Dann vielleicht eine Cola mit Rum, wenn das nicht zu teuer ist. Ich hab kein Geld", murmelte Kevin verlegen.

„Junge", meinte nun der Kneipier, „so, wie du aussiehst, hast du nix gegessen. Ist das so?"

Kevin nickte.

Jens fragte: „Wann hast du denn das letzte Mal was gegessen."

Kevin nuschelte etwas.

„Was?"

„Vor drei Tagen."

„Ach du Scheiße", meinte der Kneipier, „drum bist du auch so ne Bohnenstange. Ich hau dir ein paar Kartoffeln in die Pfanne, schön mit Speck und Spiegelei. Und dann kriechste deine Cola-Rum."

Jens strahlte. Er war hier willkommen und seine Begleitung auch. Warum hatte er sich nur so lang nicht mehr hier blicken lassen? Natürlich, er musste ja die ganze Zeit bei ihr bleiben.

In diesem Augenblick kam ein Mann mittleren Alters aus einer nicht einsehbaren Ecke der Kneipe auf Jens zu. Er klatschte ihm kräftig auf den Rücken: „Mensch, alter Knabe, dich schickt der Himmel. Hab grad mitjekriecht, dass du gekommen bist. Wie gehts dir denn so? Was machstn jetzt?"

Der Mann, den Jens nach kurzem Zögern als Thomas wiedererkannte, nahm einen Barhocker und zog ihn zu Jens heran. Ohne auf Jens' Antwort zu warten, redete er weiter: „Da hinten ist Lutz. Der ist grad fix und fertig. Der braucht dringend Leute und findet keinen. Du bist doch vom Fach. Kannst du nicht bei ihm anfangen? Du hast keine Ahnung, wie sehr du ihm damit helfen würdest."

Jens konnte es nicht fassen. Das konnte doch nicht wahr sein! Er sagte zu Thomas: „Ich muss hier gerade noch was bereden, ich komm gleich mal rüber."

Wieder ein kräftiger Schlag auf die Schulter, dann ging Thomas.

Kevin saß gebeugt auf seinem Hocker und starrte auf seine Hände. Nun traf ihn ein Schlag auf die Schulter.

„Kevin, du bist mein Engel, auch wenn du ein Arschengel bist."

„Was? Was bin ich?"

„Mein Arschengel."

„Was ist das denn?"

„Ein Arschengel ist jemand, der einem einen Strich durch die Rechnung macht, die Pläne durchkreuzt, und dann stellt sich raus, dass dies das Beste war, was einem passieren konnte. Ich danke dir."

Kevin sah ihn verständnislos an.

„Jetzt iss mal was. Kannst bei mir übernachten, hab ja Platz, dann überlegen wir uns morgen, wie wir deine Karre aus dem Dreck ziehen. Okay?"

Der Tod war beeindruckt davon, wie die Engel der Sonderspezialeinsatztruppe arbeiteten. Auch ihm war der Ausdruck Arschengel unbekannt gewesen. Neugierig machte er sich auf den Weg zum nächsten Engel, dem Vergeistigten. Er war wirklich gespannt darauf, wie der an seine Arbeit gehen würde.

Jutta eilte durch die Einkaufspassage. Eigentlich hatte sie es überhaupt nicht eilig, aber wenn sie so tat, als sei sie in Eile, gab ihr das ein gutes Gefühl von Normalität. Ihre Einkaufstüte war schwer, und es passierte, was nicht passieren durfte: ein Tragehenkel riss. Ein paar Dinge fielen heraus. Sie bückte sich, um sie einzusammeln. Beim Aufstehen fiel ihr Blick auf ein Poster.

„Komm in deine Ruhe. Finde deinen Frieden, komm in deine Kraft. Sei du dich selbst. Kostenlose Einführungsstunde beim Meister Raka Makahaluja Haa. Kommen Sie herein. Erleben Sie Ihr Inneres Sein und finden Sie Ihren Inneren Frieden."

Es folgten Datum, Uhrzeit und Ort. Jutta las das Plakat noch einmal. Das wäre doch eigentlich genau das, was sie jetzt bräuchte. Vielleicht brachte es ja tatsächlich etwas. Es kostete nichts, begann genau jetzt, war genau vor ihrer Nase und war unverbindlich, stand da. Ausprobieren konnte man es ja mal. Vielleicht, vielleicht könnte sie ihre Sorgen um ihre Tochter damit für einen kurzen Moment vergessen. Das Kind kam einfach nicht mit dem Tod ihres Papas zurecht. Sie schwänzte immer häufiger die Schule, machte keine Hausaufgaben mehr, schloss sich in ihrem Zimmer ein und verweigerte jedes Angebot zu therapeutischer Hilfe.

Jutta nahm ihre Tüte auf den Arm, suchte nach der Hausnummer, wo der Meister zu finden war, und kletterte ein paar alte, ausgetretene Holzstufen nach oben.

Bereits unten roch man den Weihrauch. Es fühlte sich schon jetzt irgendwie heimelig an. Sie war wohl die letzte Interessentin. Sie schlüpfte so leise wie möglich durch die Tür, zog die Schuhe aus, stellte ihre Tüte ab und hockte sich neben eine Frau ungefähr in ihrem Alter.

Der Meister saß mit geschlossenen Augen auf einem Kissen. Weihrauch rechts neben ihm, Weihrauch links neben ihm, zu seinen Füßen eine Klangschale, eine

Kerze und ein Glöckchen. Vor ihm saßen im Schneidersitz ungefähr zwanzig Frauen in vier Reihen, die Hände zum Gebet gefaltet und schaukelten sanft vor und zurück. Sie murmelten Worte, die Jutta noch nie gehört hatte.

Der Meister saß im Lotus-Sitz, die Hände auf den Schenkeln nach oben geöffnet. Die langen, glatten Haare hingen herunter. Er war in ein weißes Seidenhemd gekleidet, das sich an seinen Körper schmiegte. Es war unschwer zu erkennen, dass er nichts darunter trug. So fiel die Seide auch schimmernd über seine nackten Schenkel und umschmeichelte seine männliche Gottesgabe: den göttlichen Zauberfinger samt Glöckchen.

Jutta schluckte und wusste nicht, was sie davon halten sollte. War das ein Witz? Gehörte das dazu? War das ein wichtiger Teil des Ganzen? Ein Glück, dass sie dafür nichts zahlen musste! Also wartete sie neugierig auf das eigentliche Geschehen.

Der Meister öffnete die Augen und sah auf die überwiegend weibliche Teilnehmerschaft. Seine Blickrichtung war nicht ganz eindeutig, da ein Auge stark nach links zeigte, das andere eher eine Tendenz nach oben hatte. Die Teilnehmerin, die direkt vor ihm saß, gab einen leisen Ruf des Entzückens von sich: Der Meister hatte eindeutig sie angesehen. In Ehrerbietung beugte sie sich mehrmals nach vorn und gewährte dem Meister damit einen guten Blick auf ihre Lusttempel.

Dies war dem göttlichen Zauberfinger nicht entgangen, denn spontan strebte er dem göttlichen Gegenpart entgegen, stand, zeigte auf sie, und wippte leicht. Die junge Frau errötete angesichts dieses Prachtstücks und beeilte sich, mit dem Kopf den Boden zu berühren. Ihre Lusttempel lagen faktisch frei.

Der Meister schien sich seiner Aufgabe zu besinnen. Der Zauberfinger sank nach unten. Mit einem seiner Augen hatte er der Frau wohl ein Signal gegeben, denn sie strahlte. Der Meister begann mit einem merkwürdigen Gesang, der den anderen bekannt zu sein schien. Sie stimmten ein und sangen mit. Solang der Meister sang, hielt er die Augen geschlossen. Danach öffnete er sie wieder und erkannte mit absolutem Kennerblick eine weitere Göttin. Wieder schnellte sein Zauberfinger nach oben, stand wie eine Eins und war bereit.

Bisher hatte Jutta nur zugeschaut. Doch angesichts des lebhaften Zauberfingers konnte sie sich nur mit viel Mühe ein Lachen verkneifen. Aus dem Augenwinkel erkannte sie bei ihrer Nachbarin ein Zucken der Schultern und hörte seltsame Laute. Gehörte das dazu? Sie schielte zu der Frau neben ihr, die sah sie an. Dann war alles klar. Auch sie konnte sich das Lachen kaum verkneifen. Die Frau gab ihr einen Wink, mit nach draußen zu kommen. Sie krabbelten, um nicht zu stören, zur Tür und krochen hinaus. Jutta musste nochmals öffnen, um ihre Tüte und Schuhe zu holen, dann schloss sie sie vorsichtig.

Kaum waren sie draußen, prusteten die beiden Frauen los. Sie beeilten sich, die Treppe hinunter zu kommen, dann gab es kein Halten mehr. Sie lachten Tränen, hielten sich die Bäuche, packten sich an den Händen und hockten schließlich immer noch lachend vor einer Wand.

Sobald eine von ihnen etwas sagen wollte, begannen beide wieder mit dem Lachen. Dann kamen die ersten Sätze heraus.

„So was, so was! Ich hab lang nicht mehr so gelacht. Hach, hat das gutgetan. Ich bin die Brigitte. Wie heißt du?"

„Ich bin Jutta."

„Komm, Jutta, darauf müssen wir etwas trinken. Wie wäre es mit einem Prosecco? Ich lade dich ein. Komm."

Jutta folgte ihr. Brigitte begann zu erzählen: „Mein Mann ist vor einem halben Jahr gestorben. Ich suche jetzt nach etwas, womit ich abschalten kann. Ich hätte nie gedacht, dass ich in so einem Lachkursus ankommen würde. Ich finde, dass mehr Männer ein Seidenkleid tragen sollten. Da weiß man doch gleich, woran man ist. Was meinst du?"

Jutta lachte. „Die Idee ist großartig. Wir müssten nur ein wenig Überredungskunst aufbringen. Könnte mir vorstellen, dass nicht alle Männer das freiwillig tragen würden."

Brigitte lachte noch immer und fragte leichthin: „Dein Mann?"

Jutta stockte kurz der Atem, dann sagte sie leise: „Ist vor drei Monaten gestorben."

„Oh. Wie kommst du damit zurecht?"

„Gar nicht."

Brigitte verstummte kurz, dann meinte sie ernst: „Ich nehme dich mit."

„Wohin?"

„Ich gehe seit einem Monat zu einer Selbsthilfegruppe. Richtig nette Leute, in jedem Alter. Und ich sag dir, es tut einfach gut. Da muss man niemandem was vormachen. Da kann man so sein, wie man ist und wie man sich fühlt."

Die Frauen verabredeten einen Termin, unterhielten sich noch über eine Stunde, dann gingen beide mit ein wenig leichteren Herzen als noch Stunden zuvor nach Hause. Jutta sah ein schwaches Licht am Ende des schwarzen Tunnels. Hoffnung war aufgekommen.

Der vergeistigte Engel – mit oder ohne Seidenkleid – wäre nicht von der Sonderspezialengeleingreiftruppe gewesen, hätte er nicht die kluge Vorsorge getroffen, dass Jutta in dem Kreis der Selbsthilfegruppe jemanden finden konnte, mit dem gemeinsam sie ihren Weg finden könnte. Ihre Tochter würde ebenfalls Engel-Hilfe bekommen.

Mit etwas Verspätung erreichte der Tod den vierten Engel, der bereits für Juttas Tochter tätig war. Er hörte etwas von Tanzen, Talent, von „seinen-Gefühlen-durch-Tanz-Ausdruck-geben", „für den Vater tanzen", aber bevor er richtig verstand, wie dieser Engel seine Arbeit machte, düste Luzifer an ihm vorbei.

Auch keine Lösung

Luzifer war fast schon an ihm vorbei, als er dem Tod nachrief: „Ich hab mir mal zwei von deinen Engeln ausgeborgt."

Nach einem kurzen Schockmoment schrie der Tod: „Nein, nein! Gib mir meine Engel zurück."

„Kriegste ja wieder. Ich brauch sie nur kurz."

„Nein, ich will meine Engel sofort wiederhaben. Sofort!"

„Hab dich nich so, ich bring sie ja zurück. Aber jetzt brauche ich sie eben mal."

„Nein, jetzt sofort. Das sind meine Engel. Ich hab sie mir besorgt. Gib mir sofort die Engel zurück!"

Mit diesen Worten hechtete er Luzifer hinterher, warf sich auf ihn, bekam aber nur ein Bein zu fassen, das er wie mit einem Stahlgriff festhielt. Beide stolperten, fielen hin und rangelten über- und untereinander rum.

„Sofort gibst du mir die Engel wieder. Sofort! Da gibt es keine Debatte. Ich will die Engel wiederhaben."

„Beruhige dich, beruhige dich. Is ja gut. Hab's ja verstanden. Du kriegst sie ja auch wieder. Aber ich brauche sie jetzt wirklich. Nur ganz kurz."

„Hör zu, du Klugscheißer!" Der Tod erschrak. Ein derartiger Ausdruck war ihm noch nie über die Lippen gekommen. War er etwa jetzt auch schon zu sehr vermenschlicht? Wo sollte das noch hinführen? „Du hast mir gesagt, ne, du hast mir vorgeworfen, dass ich mich nicht um die Hinterbliebenen kümmere. Mit Mühe und Not habe ich von der Kommission gerade mal vier Engel bewilligt bekommen. Vier! Und die machen einen guten Job. Und jetzt kommst du daher, und klaust dir einfach zwei von ihnen."

„Ich klaue nicht, ich leihe mir nur aus."

„Ich traue dir nicht. Du willst sie behalten."

„Nein, ich kümmere mich nur um deine Hinterlassenschaften. Und dazu brauche ich deine", das Wort ‚deine' spuckte er regelrecht heraus, „Engel. Ist das klar?"

„Und wie soll ich mich bitteschön um ‚meine Hinterlassenschaften'", spuckte der Tod nun gleichfalls, „kümmern, wenn mir die Engel fehlen?"

„Denk doch mal nach! Du kannst dir doch ein paar von den Auszubildenden-Engeln holen. Dürfte doch nicht so schlecht sein, denen ein bisschen Praxis anzubieten."

„Wenn das so einfach ist, dann hol dir doch selbst deine Praktikanten."

„Ne", stammelte Luzi verlegen, „ich geh da nicht hin. Du weißt doch. Ich kann das nicht. Das musst du machen. Du gehst einfach hin, da brauchst du auch die

Kommission nicht zu fragen, und bestellst ein paar Praktikanten. Am besten die aus dem dritten Lehrjahrtausend. Die müssten doch schon wissen, wo es lang geht."

„Und dann? Was sollen die machen? Muss ich dann allen Praktikanten sagen, was sie machen sollen? Wie stellst du dir das vor?"

„Ich hab da eine Idee!", sagte Luzi.

„Oh nein", stöhnte der Tod.

„Doch, hör doch mal. Wie findest du das? Pass auf. Hier auf der Erde gibt es viele menschliche Engel. Nur die meisten wissen es gar nicht oder haben es vergessen. Und wenn jetzt die Praktikanten einfach den Menschen das sagen, also ich meine, es denen ins Ohr flüstern, damit sie sich erinnern, dann würden die wieder wissen, dass sie Engel sind und sich wie Engel benehmen und dann auch den anderen Menschen Gutes tun, da, wo es gebraucht wird oder um überhaupt ..."

„Es reicht!", unterbrach ihn der Tod, „ich habe verstanden."

Luzi grübelte, der Tod grübelte.

„Okay", sagte schließlich der Tod, „ich kümmere mich darum. Aber du bist dafür verantwortlich, dass das klappt. Es ist deine Idee, ich kenne mich damit nicht aus."

„Prima, prima, ich kümmere mich darum. Wie lange brauchst du?"

„Weiß ich nicht. Ich beeile mich."

Und gleich war er weg, rief aber vorher noch Luzi nach: „Und die zwei geliehenen Engel kriege ich zurück. Jetzt und gleich. Dass das klar ist."

Es gestaltete sich weit einfacher als gedacht, gleich zwei Dutzend interessierter und begeisterter Praktikanten-Engel zu akquirieren. Ja, der Tod war fast ein bisschen stolz, dass es so gut geklappt hatte. Sofort suchte er Luzifer, fand ihn und stellte ihm die Praktikanten vor.

Luzi strahlte. Und sofort begann er mit seiner Einweisungs-Instruktionsrede: „Also, hört mal zu. Hier auf der Erde gibt es viele Menschen, die vergessen haben, woher sie kommen und dass sie eigentlich Engel sind. Ihr lauft oder fliegt jetzt hier herum und flüstert den Menschen ins Ohr: ‚Du bist ein Engel, du tust Gutes'. Soweit verstanden?"

Die Praktikanten nickten, ihre Augen leuchteten, sie waren bereit.

„Gibt es noch Fragen?"

Nein.

„Also los!"

Die Praktikanten-Engel stoben davon und taten, was ihnen aufgetragen worden war.

„Du bist ein Engel. Erinnere dich. Tue Gutes."

Das Unglaubliche geschah. Die Menschen reagierten. Sie hoben ihre Köpfe von ihren Handys, blickten sich um und fanden, wonach sie suchten. Türen wurden aufgehalten, Autofahrer gewährten Vorfahrt, ließen Personen über den Zebrastreifen laufen, Menschen hoben Dinge für andere auf, trugen Dinge nach, schleppten für andere Tüten, halfen alten Menschen, schwere Dinge zu tragen, machten auf etwas aufmerksam, halfen an der Kasse mit fehlendem Kleingeld aus, lächelten freundlich zu Verkäuferinnen, bedankten sich, gaben Obdachlosen ihr eben gekauftes belegtes Brötchen oder den Kaffeebecher, halfen Rollstuhlfahrern über Bordsteinkanten, schenkten Kindern ein Eis – es war geradezu vollkommen. So, wie sich jeder ein Miteinander mit anderen Menschen wünscht.

Es gab nur ein kleines Problem: Ein Praktikanten-Engel kann nicht unterscheiden, wem er etwas sagen und bei wem er es besser bleiben lassen sollte.

Zwei Mädchen, die sich gerade jede Menge Designer-Drogen eingeworfen hatten, hörten ebenfalls, dass sie Engel wären. Das wollten sie natürlich sofort unter Beweis stellen: „Ich bin ein Engel, ich kann fliegen. Komm, lass uns aufs Dach gehen, dann können wir fliegen."

„Ja, supi, ich bin auch ein Engel. Lass uns fliegen."

Sie rannten aufs Dach. Ein Praktikanten-Engel alarmierte Luzi, der gleich angesprintet kam und den Mädchen hinterherrannte. Es gelang ihm mit etwas Mühe, die beiden wieder nach unten zu treiben. Aber die Mädchen hatten noch lang nicht genug. Sie behaupteten, jetzt unsichtbar zu sein und über die Straße gehen zu können, ohne auf Autos zu achten. Zwei Praktikanten wurden für die beiden abgestellt.

Doch es waren nicht nur die zwei Mädchen. Es gab noch mehr Menschen, die wohl etwas missverstanden haben mussten. Allmählich entstand Chaos. Luzi hätte gleichzeitig überall sein müssen, um Schlimmeres zu verhindern. Menschen, die sich besonders für das Wohlergehen der Erde engagierten, trieben es ein wenig zu bunt: Sie zwangen Autofahrer, ihr Auto stehen zu lassen, zu deren Wohl natürlich und zum Wohl der Umwelt – egal, wo; egal, wie. Raucher wurden angefeindet, ausschließlich zu deren eigenem Wohl natürlich. Demos formierten sich gegen Plastik zum Wohl der Umwelt, weitere Demos zum Wohl von allem Möglichem, von dem jemand glaubte, dass es wichtig sei. Doch alle blieben höflich.

Auf das Schaufenster einer Metzgerei hatte jemand gesprüht: ‚Lasst die Tiere leben, verzichtet auf Fleisch!‘ Direkt daneben waren drei Grillgeräte aufgestellt, auf denen Steaks und Bratwürste gegrillt wurden mit dem Plakat: ‚Helft der Landwirtschaft, esst Fleisch!‘ An einem Platz, auf den sternförmig viele Straßen mündeten, trafen gleichzeitig mehrere Demonstranten und Protestkundgebungen aufeinander: ‚Gleiches Recht für

Frauen!' ,Homosexuelle und Lesben: gleiche Rechte für uns!' ,Altersarmut droht – tut was!' ,Rettet den Wald!' ,Schützt die Ozeane!' ,Wir haben keine Zukunft – es muss sofort was geschehen!' ,Mehr Geld für Kindergärten!' ,Raus aus dem Atomstrom!' ,Frieden für die Welt!' ,Runter mit den CO2-Werten!' ,Helft den Kröten!' ,Genmanipulation gehört abgeschafft!' ,Nieder mit den Banken!'

Die Flut der Plakate wogte über den Köpfen der Menschenmassen. Wo kamen die nur plötzlich alle her?

Auf dem Platz wurde es eng. Die Demonstranten vermischten sich, konnten sich nicht einigen, wer wohin gehen wollte oder sollte, die ersten Plakate knallten auf Köpfe, die ersten Fäuste flogen, Regenschirme kamen als Schlagstöcke zum Einsatz, der Einsatz von Erste-Hilfe-Kräften wurde unmöglich, exzessives Geschrei und Gebrüll, Gekreische und Gejaule überall. Denn jeder hatte ja recht, weil er ein Engel war und das Richtige tat.

„Gevatter, Gevatter, wir müssen was tun. Wir müssen was tun. Überleg dir was, schnell."

„Wer ist denn auf diese Idee gekommen, hä?", rief der Tod zurück.

„Jetzt tu doch was. Die schlagen sich die Köpfe ein."

Der Tod überlegte kurz. Seine Kontakte reichten weit, seine Kräfte – selten im Einsatz – waren unermesslich groß. Er rief die Sylphen, die Kräfte der Luft und des

Windes, und orderte unverzüglich einen Wolkenbruch. Die Sylphen, überrascht von der Dringlichkeit seines Wunsches, gaben ihr Bestes und überschütteten die Menschenmenge im Chaos mit einer Wassermasse, die dem Effekt eines Wasserwerfers gleichkam.

Der Spuk hatte ein Ende. Die Menschen waren unvermittelt von den Straßen verschwunden, Normalität kehrte wieder ein. Beinah jedenfalls.

Eben wollte Luzi aufatmen, dass doch noch alles gut gegangen war, als eine Frau plötzlich schrie: „Ja, ich bin ein Engel. Schon immer gewesen. Und ich sehe euch alle. Und jetzt sehe ich Luzifer. Mein Gefährte. Luzifer, Luzifer", rief sie.

Luzi erschrak heftig. Konnte es sein, dass diese Frau ihn wirklich sah? Tatsächlich, sie sah ihn. Sie rannte auf ihn zu: „Luzifer, mein Gefährte, mein Gebieter, hier bin ich, deine Gefährtin, deine Dienerin. Komm, lass es uns tun, lass es knacken. Endlich! Endlich habe ich dich gefunden, du mein Geliebter!"

Luzifer gab Fersengeld. Er rannte im Zickzack und in Spiralen die Straßen rauf und runter, um ihr zu entkommen. Und der Tod stand da und lachte. Dann besann er sich und machte sich auf den Weg, seinem normalen Tagesablauf wieder nachzukommen. Zuerst aber huschte er bei den Adressen vorbei, an denen er kürzlich Seelen abgeholt hatte. Er suchte nach seinen zwei Engeln. Vergeblich.

Es dauerte ganze zwei Tage, bis Luzi sich wieder blicken ließ. Mit hochrotem Kopf und recht verlegen schlich er heran: „Ich glaube", sagte er leise, „die Luft ist wieder rein. Die bin ich hoffentlich los. Aber hör mal, ...".

„Nein", antwortete der Tod unwirsch, „ich will nichts mehr von deinen Ideen hören. Das funktioniert alles nicht. Etwas Derartiges muss gut durchdacht und überlegt sein. Da kann man nicht einfach ...".

Luzifer ließ ihn nicht zu Ende reden. „Hör mal", er zog hinter seinem Rücken eine Tüte Kirschen hervor, „lass uns auf deinen Berg gehen und in Ruhe darüber reden."

„Ich will nicht mit dir reden. Du hast mir ja auch meine Engel nicht zurückgegeben."

„Oh Mann, die kriegste doch wieder. Jetzt komm schon. Lass uns auf den Berg, ein paar Kirschkerne spucken und überlegen. So richtig. Also, nachdenken." Mit diesen Worten packte er den Tod unter dem Arm und zog ihn mit sich.

Die beiden Gestalten entfernten sich. Aber man hörte noch lange ein paar Gesprächsfetzen.

„Man könnte doch ..."

„Auf gar keinen Fall!"

„Aber es wäre doch eine Möglichkeit ..."

„Unmöglich."

„Was hältst du davon, wenn ..."

„Keine gute Idee."

„Wie wäre es, wenn ..."

„Wie stellst du dir das vor?"

„Ich hab ne Idee. Wir müssten einfach ..."

„Jetzt spinnst du wirklich."

„Ich hab's. Wir werden ganz ..."

Dann waren die Stimmen nicht mehr zu hören. Da die beiden hoch konzentriert Überlegungen anstellten und nach Lösungen suchten, wie Hinterbliebene getröstet werden könnten, bemerkten sie überhaupt nicht, was sich zeitgleich hinter ihrem Rücken abspielte.

Der Mensch ist ein Engel

Dem Tod schwirrte der Kopf, als er nach dem wenig effektiven Gespräch mit Luzi vom Berg herunterkam.

„Hättste, tätste, würdste!"

Er schüttelte den Kopf. Theoretisch waren Luzis Vorschläge teilweise ganz nett, manchmal sogar unterhaltsam, aber in keinem einzigen Fall ohne größere Nebenwirkungen umsetzbar. Sicher war nur eines, und das stand für ihn definitiv fest: Er würde nicht mehr in Verkleidungen und ständig anderer Form zu den Menschen gehen, die es abzuholen galt.

Er käme in Zukunft nur noch als Fährmann. Und das war er ja auch. Ganz sicher kein Batman, kein Lichtengel und auch kein Sensenmann, kein Schwarzer Mann, kein Tod, Engel der Heimkehr und was sonst noch. Nur ein Fährmann. Er holte die Seelen ab und brachte sie in ihr neues, gewünschtes Zuhause. Und wenn eine Seele sich weigerte, doch zur verabredeten Zeit nach Hause zu gehen, dann würde diese Seele eben warten müssen, bis er einmal wiederkäme, – dann, wenn sie nach ihm verlangte. Und dieser Tag würde unweigerlich kommen. „Gehen dürfen, nicht gehen müssen". So sollte es sein!

Sein momentaner Besuch galt Herrn Wegner, Rudolf Wegner. Der lag seit einigen Jahren in einem Pflegeheim und wartete schon seit Wochen auf den Fährmann.

Überrascht nahm der Tod beim Betreten von dessen Zimmer ein seltsam helles Licht wahr. Er sah sich um, konnte die Licht-Quelle aber nicht finden. Auf dem Bettrand des alten Mannes saß eine deutlich jüngere Frau, auf deren Brust, genau in Herzhöhe, kleine Flügel sprossen. Sehr feine, durchsichtige, weiß-silbern schimmernde Flügelchen, die weit ausgebreitet waren. Ein Strahlenkranz umgab die Frau. Der Fährmann vergewisserte sich, dass diese Frau kein Engel war. Nein, sie war ein Mensch. Sie hielt die Hand von Herrn Wegner, dessen Augen auf den Fährmann gerichtet waren.

Mit sanfter Stimme fragte die Frau: „Ist er da, der, auf den Sie warten?"

Herr Wegner senkte kurz zur Bejahung die Lider.

„Ich freue mich für Sie, dass Sie endlich nach Hause dürfen."

Ein schwaches Lächeln umspielte die Lippen von Rudolf. Die Frau an seinem Bett streichelte Rudolfs Hand, blickte ihn liebevoll an.

Rudolf nickte dem Fährmann zu, der Fährmann nickte ihm zu. Mit einem tiefen, letzten Atemzug erhob sich Rudolfs Seele aus dem Körper, und beide verließen durch das leicht geöffnete Fenster das Zimmer.

Die Frau mit den Flügeln auf dem Herzen streichelte Rudolfs leblosen Körper, streichelte dessen Hände, schloss seine weit geöffneten Augen und drückte ihm mit einem Finger sanft einen Kuss auf den Mund.

„Gute Reise, Rudolf, gute Reise und gute Ankunft."

Normalerweise ging der weitere Verlauf einer Einzelheimführung sehr harmonisch vonstatten. Liebevoll wurde die Seele von der Seelenverwandtschaft, von Engeln und Geistführern an der großen Pforte empfangen. Aber heute sah der Fährmann schon von Weitem, dass dort irgendetwas nicht so war wie sonst. Beim Näherkommen erkannte er nach und nach die Ursache: Edeltraut, Nils und der Pfortenengel waren in einen heftigen Wortwechsel verwickelt. Edeltraut hielt Nils fest am Arm, redete auf ihn und den Pfortenengel ein. Nils schrie: „Nein, nein, er hat es mir doch versprochen!" Er wand sich unter Edeltrauts festem Haltegriff und entdeckte den sich nähernden Tod. Jetzt riss er sich endgültig von Edeltraut los und stürmte heulend dem Tod entgegen.

„Du hast es mir versprochen. Du hast es versprochen. Und die sagen, ich kann da nicht Bus fahren. Mach was! Du hast es versprochen."

Augenblicklich fühlte der Tod sich überrumpelt und stotterte: „Ja, das ist so, ... also, ... ja, ... warte mal kurz. Ich muss nur Rudolf schnell überbringen", und eilte davon. Unterwegs überlegte er fieberhaft, was er Nils sagen sollte. Einen derartigen Fall hatte er noch nie gehabt. Was würde Luzi jetzt bloß machen, was würde er sagen? Dann kam ihm gottlob die Idee.

Er kehrte zu Edeltraut und Nils zurück und wurde sogleich von Edeltraut mit heftigen Vorwürfen überschüttet. Dabei lag ihr Arm schützend und tröstend um Nils' Schultern. Der Pfortenengel sah irritiert zu.

„Lieber Herr Tod, oder wie immer Sie sich nennen. So geht das aber nicht. Sie versprechen dem Jungen etwas, dann kommt er voller Erwartungen hierher und dieser ... dieser Engel sagt ihm dann, dass er hier nicht Bus fahren darf. Gerade von Ihnen hätte ich nicht erwartet, dass Sie lügen."

Der Tod begann: „Liebe Edeltraut, lieber Nils! Hier, auf dieser Ebene gibt es keine Straßen wie auf der Erde. Also gibt es auch keine Busse. Aber hier oben lernt man alles theoretisch. Nils kann sich ja auch nicht auf der Erde in einen Bus setzen und fahren. Er muss doch erst einen Eignungstest und die theoretische Prüfung machen, beweisen, dass er dafür geeignet ist. Und wenn er schon mal dabei ist, hier oben die theoretische Prüfung zu machen, kann er ja auch gleich die für einen Bagger oder als Kranführer machen. Es gibt hier viele Möglichkeiten ..."

Nils Augen blitzten auf: „Echt jetzt? Auch Bagger, die großen? Und Kranführer?"

„Ja, aber nur theoretisch. Wenn du", fuhr er an Nils gewandt fort, „dann wieder auf der Erde bist, wird für dich alles nur wie eine Wiederholung sein und ein reines Kinderspiel."

Edeltraut beäugte ihn misstrauisch. „Eins sag ich dir, wenn das nicht stimmt, dann ..., dann aber ...! Was sollte man denn besser noch wissen, bevor man durch diese Pforte geht? Noch so ein paar Überraschungen?"

Der Tod überlegte kurz, bevor er antwortete: „Ja, es wird tatsächlich viele Überraschungen geben. Sie werden erfahren, was Sie tatsächlich schon alles wissen und nur für Ihre Zeit auf Erden vergessen hatten. Sie werden Ihre Freude haben."

„Wenn das mal so stimmt", murmelte Edeltraut. Dann an Nils gewandt: „Also los jetzt, Nils, hast es ja gehört. Kommst du jetzt mit?"

Nils strahlte: „Bus und Bagger. Und sogar Kran. Toll!"

Die beiden Gestalten traten nun durch die Pforte. Der Tod konnte einen kurzen Blick durch den Türspalt werfen und sah Gottlieb glückselig lächelnd in den Armen einer jüngeren Frau. Er hörte noch die Worte: „Dass du endlich da bist. Wie ich auf dich gewartet habe!"

Nachdem der Fährmann nun alles geklärt hatte und Rudolf an der Pforte an dessen Geistführer übergeben worden war, kehrte er nochmals zum Pflegeheim zurück. Es ließ ihm keine Ruhe, was er da gesehen hatte. Flügel auf dem Herzen! Der Fährmann ging durch die Flure und entdeckte bei einigen Menschen des Personals ebenfalls Flügelchen, jedoch an immer anderen

Stellen. Einer Frau wuchsen die Flügelchen an den Ohren, einer anderen oben auf dem Kopf, einem Mann
wuchsen sie aus den Händen, und er entdeckte Flügelchen an Mündern, auf Beinen, Bäuchen und auf dem
Rücken.

Da der Fährmann nicht wusste, wen er in dieser Sache fragen könnte, blieb ihm nichts anderes übrig, als
sich die Zeit zu nehmen und diese Flügelchen-Men-
schen intensiver zu beobachten.

Es dauerte nicht lange, bis er hinter das Geheimnis
kam. Die Flügelchen wuchsen immer dort, wo diese
Menschen ihre besonderen Stärken hatten: zuhören
können, helfende Hände haben, zupacken, ein besonderes Gespür für das, was notwendig war, Halt geben,
ein offenes Herz für Bedürfnisse, begleiten, nachdenken, schnell laufen, abholen, mitnehmen, singen, mit
Worten trösten. Das Wunderbarste aber war, dass die
Flügel tragenden Menschen diese Flügelchen wie Sa-
menkörner auf alle übertrugen, mit denen sie in Kontakt kamen.

In den Fluren und Zimmern dieses Pflegeheims
herrschte eine friedvolle, heitere Stimmung. Die Menschen lächelten und begegnen sich freundlich und hilfs-
bereit. Sie unterstützten sich und gaben den zu pfle-
genden Menschen Liebe, Respekt und ließen ihnen ihre
Würde.

Woher kam das? Der Fährmann grübelte. Dann fiel es
ihm ein. Dies musste eine Wirkung der Arbeit der Aus-

zubildenden-Engel sein. Sie hatten es tatsächlich geschafft, die Menschen wieder zu Engeln zu machen, das, was sie ohnehin schon immer waren und auch blieben! Der Kopf musste es nicht wissen, nur das Herz.

Dem Fährmann fiel eine große Last vom Herzen. Endlich konnte er ohne schlechtes Gewissen die Seelen abholen. Die Flügelchen-Menschen-Engel würden sich um die Hinterbliebenen der gegangenen Seelen kümmern, mit all ihren besonderen Fähigkeiten. Sie würden zuhören, stärken, ins Leben zurückführen, Halt geben, mit ihnen reden. Und mit Sicherheit fänden auch die Leidgeplagten unter den Flügel-Menschen-Engeln Trost und Hilfe.

Er würde Luzi sagen, dass er nun alle vier Engel für sich einsetzen könnte, auch wenn sie manchmal ... wie Arschengel arbeiteten.

Hauptsache, sie helfen.

Nachwort

Frage: Wie kommt man eigentlich dazu, eine Geschichte über den Tod zu schreiben?

Antwort: aus gegebenem Anlass.

Frage: ...?

Ne, das sind zu viele Fragen. Am besten wäre es, den Fährmann selbst zu fragen. Wir alle werden ihn eines Tages treffen. Wir müssen ihn nicht fürchten, denn er bringt uns nur nach Hause. Er tötet nicht.

Bis dahin können wir denen zuhören, denen beistehen, die gerade allein zurückgeblieben sind. Es wird uns helfen zu verstehen– wenn wir eines Tages selbst Betroffene sind.

Und wenn jemand jetzt viele Fragen hat: Es gibt eine sehr große Menge an guten, informativen Büchern über den Tod, den Übergang und das Leben danach. Ebenso Bücher, die trösten, wenn uns (noch) kein Flügel-Engel-Mensch zur Seite steht.

Zeitfracht Medien GmbH
Ferdinand-Jühlke-Straße 7
99095 Erfurt, Deutschland
produktsicherheit@kolibri360.de